Le Cahier d'Alberto

DU MÊME AUTEUR

Le Glacis, Métaillé, 2012
La Caisse noire, Gallimard, 1967
Les Paroles gelées, Gallimard, 1966
Caprices et Variations, Flammarion, 1957

Monique Rivet

Le Cahier d'Alberto

Quidam éditeur

ISBN : 978-2-915018-84-4 / ISSN : 1779-7888
Dépôt légal : avril 2015

LE CAHIER D'ALBERTO

www.quidamediteur.com
Diffusion-distribution : Harmonia Mundi

Conception graphique et illustration de couverture : Hugues Vollant
Le logo est de Mœbius que nous remercions de sa générosité spontanée.

RIEN

N'AURA EU LIEU

QUE LE LIEU

Stéphane Mallarmé

I

Elle me dit : tu es sûr que tu ne l'arranges pas, ce rêve ? Les rêves, c'est confus, ça ne se déroule pas comme une séquence de cinéma. C'est parce que c'est un rêve récurrent, lui dis-je. Et alors ? Alors à la longue il se forme comme une logique.

Nous avions pris l'habitude, Céline et moi, de ces brefs échanges en cours de journée, par fax ou courrier électronique, à l'époque où nous travaillions dans des bureaux, chacun à un bout de la ville. Quand nous nous sommes installés à Saint-Julien et que nous avons pu faire le plus gros de notre travail sans bouger de chez nous, nous avons continué à nous laisser des messages sur nos ordinateurs respectifs, pour dire certaines choses, d'ordre pratique quelquefois, mais aussi de celles qui demandent quelque distance, un temps de réflexion. Il arrive à Céline d'entrer silencieusement dans la pièce où je me tiens et, par-dessus mon épaule, elle s'amuse à me surprendre par une intervention directe et intempestive sur mon clavier.

Le rêve dont elle parle a pour décor la plage de Maguelone, non pas telle qu'elle est aujourd'hui et que nous l'avons vue tout cet été, parcourue et salie par les foules vacancières, mais déserte aussi loin que porte le regard, vierge de toute présence. Peut-être n'est-ce pas véritablement un rêve, d'ailleurs, car je ne le fais pas au profond du sommeil, plutôt dans une sorte d'entre-deux de la nuit où je serais comme en suspension, les yeux fermés. Il suffit que j'attende : à l'intérieur de mes paupières apparaît cette courbe parfaite que déploie le littoral jusqu'à l'horizon où il se confond avec la mer. La cathédrale, isolée sur sa lagune, est derrière mon dos ; je la vois pourtant, sans doute parce que dans mon rêve elle n'appartient pas tout à fait au même espace que le paysage autour d'elle : les étangs salés, les langues de terre caillouteuse piqués de buissons épineux, et quelques mauvais carrés de vigne, quelques bosquets de pins et d'acacias. Elle est là depuis presque mille ans, elle était « la seconde après Rome ».

Quelle raison peut faire qu'il n'y ait pas une voile sur la mer, pas la moindre barque ? Personne nulle part ? Pas un pêcheur sur le bord des étangs où tant de fois nous les avons vus lancer leurs lignes ? Le jeune garçon qui, de la passerelle, plongeait son carrelet dans les eaux du canal, les enfants avec leur sac de plage, disparus ? Et le manchot qui manœuvrait la gabare d'une rive à l'autre avec son bras unique ?

Pas une âme. Et pas davantage de passerelle ni de gabare. Étrangement aussi, je ne gouverne pas mes yeux ; ils se posent là où le veut une puissance inconnue, n'obéissant pas à mon désir de contempler jusqu'à assouvissement le Christ sculpté au tympan du portail dont la bénédiction demeure levée sur ma tête, même quand mes regards sont tournés d'un autre côté, vers les étangs ou la grande allée de pins qui mène à la mer.

Cette allée de pins, souffle Céline dans mon cou, elle n'existe pas. Non. Tu l'inventes. Le manchot aussi ; qu'est-ce que c'est que cette gabare qui traverse le canal ? Je vois bien la passerelle, rien d'autre. Des pêcheurs, ça oui. Et qu'est-ce que tu as dit encore ? Un garçon avec un carrelet ? C'est quoi au juste, un carrelet ? Ah oui. Peut-être qu'on a vu ça en effet.

Nous ne sommes pas partis en vacances cet été et souvent l'après-midi nous sommes venus à Maguelone nous baigner et nous promener au milieu des nudistes, nombreux sur cette plage, et qui me font dire qu'à trois cents mètres d'une cathédrale il doit bien y avoir là de leur part un brin de provocation, non ? Céline lève les sourcils : bah ! ils ne savent même pas qu'il y a une cathédrale derrière les acacias, ils ne voient que le sable et la mer, tu imagines ça parce qu'au fond ça te choque, les hommes surtout, sexe au vent, et (entre parenthèses) tellement différenciés par cet attribut de leur personne que forcément c'est lui qu'on regarde plutôt que le visage. Les femmes, on les considère dans leur entier, des pieds à la tête.

Aujourd'hui elle est allée en ville pour son travail. Elle m'a laissé un message : ne pas oublier ceci, et cela, mettre le pain dans le congélateur, etc. Et puis : pour l'allée de pins, mon petit Sandro, j'ai la réponse (via le père Leleu, rencontré chez le boulanger) : c'est pendant la guerre, les Allemands, ils les ont abattus pour dégager la vue sur la mer ; on ne les a jamais replantés. Tu as dû confondre avec les cèdres, il y en a à l'entrée du domaine.

Notre maison se trouve dans la partie ancienne de Saint-Julien, à l'aplomb de la butte qui porte les ruines du château. C'est une maison de vigneron : pièces d'habitation à l'étage, au-dessus d'un de ces vastes celliers qui, aux vendanges, engouffraient charrettes et cageots de raisin par leurs grands portails à claveaux. Cela sert maintenant à nos deux voitures et à tout un fouillis d'objets dont certains ont été laissés là par les précédents propriétaires. À côté du portail, comme en réplique, une porte d'entrée à imposte. À l'intérieur un escalier conduit à l'étage. Les fenêtres donnent, en façade, sur une place ornée d'une fontaine et de platanes, par derrière sur une courette ombragée d'un néflier qu'un mur mitoyen sépare de celle de nos voisins. Lorsque je m'assois pour lire sous le néflier, je ne manque pas de jeter un coup d'œil à leur grenier, à cause du fenestron percé sous le toit par lequel, en se démanchant un peu le cou, on pourrait avoir vue sur notre cour. Je ne sais pas pourquoi j'éprouve le besoin de mettre ces choses par écrit puisque je les ai quotidiennement sous les yeux. À moins que ce ne soit pour conjurer le sentiment que j'ai quelquefois de ne pas être le possesseur légitime de cette maison. Nous avons signé chez un notaire pourtant. Les papiers sont dans un tiroir de mon bureau, avec le nom des gens qui nous ont vendu la maison. Pourquoi cet étonnement que j'ai de me trouver là, dans ces murs étrangers qui se sont refermés sur moi comme une coquille ?

Bon, à notre âge on n'achète pas pour la vie. Nous revendrons un jour comme le font si volontiers tous ces gens autour de nous, comme nous venus d'ailleurs, qui ont investi l'îlot ancien abandonné par les autochtones. L'agglomération s'est étirée vers la plaine, mordant sur le vignoble et projetant ses activités essentielles loin de la butte qui avait abrité le noyau primitif. Paradoxalement ceux qui se disent, et sont depuis des générations, « les gens d'ici » occupent dans ce qu'ils appellent la ville basse les maisons les plus récentes, plus conformes à leurs activités et à leurs goûts, bien qu'ils ne se soient jamais tout à fait ralliés à un âge qui les a poussés hors des incommodes ruelles du vieux Saint-Julien. Leur amertume, il est vrai, tient beaucoup au fait que ces ruelles nous nous en sommes, nous, arrangés, que nous avons réparé les vieilles demeures, nettoyé cours et jardins et installé partout l'appareil sophistiqué de la vie et du travail modernes. Ils n'acceptent pas davantage que nous soyons, sous les ruines de leur château, des sortes d'étourneaux perchés ici pour un temps, demain ailleurs : à peine avions-nous fait la connaissance de nos voisins qu'ils étaient remplacés par d'autres. Curieusement cette instabilité générale m'est plutôt agréable : elle apaise — je ne trouve pas les mots... quelque chose, une voix intime qui me dirait au moment même où je m'endors dans la sécurité et le plaisir de posséder cette belle maison : « Tu ne t'en iras pas. Tu ne nous quitteras jamais. » Alors je jette un regard incertain sur les aménagements que nous avons faits, les objets, les meubles choisis par Céline, et Céline elle-même au milieu d'eux, déplaçant sa silhouette longue et vive avec une liberté gaie qui me donne soudain de l'humeur.

Je suis né à Milan, mon père était lombard, ma mère française. J'ai eu d'emblée leurs deux langues à ma disposition ; je ne les sépare que dans l'exercice de mon métier de traducteur où la distinction s'impose par définition. Le reste du temps elles coexistent pour moi dans un même espace, un peu peut-être comme il arrivait aux savants d'autrefois avec le latin et leur langue vernaculaire. Céline a appris l'italien. Dans mes accès d'agressivité (je suis content qu'elle ait voulu me rejoindre dans la langue de mon père, mais en même temps elle m'ôte ainsi un coin de mon jardin secret) je lui dis qu'elle parle l'italien des touristes : de quoi demander le chemin du *Duomo.* Ou des *ritirati.* Alors elle prend une expression de reproche buté et son silence tire de moi une onde de chagrin qui me paraît tenir aux origines du monde.

(Ce que j'écris là, enfin je veux dire, ce genre de choses, il me vient toujours à un moment ou un autre, et après avoir souhaité qu'elle le fasse, une crainte que Céline ne le lise, au risque d'y attacher une importance excessive et peut-être à contresens. Ce sont simplement des choses qu'il m'est nécessaire de me dire à moi-même, comme qui se parlerait à voix haute. Peut-être inventera-t-on un jour un appareil qui transposera directement sur nos écrans le contenu de notre esprit, pensées, impressions, images ? Magma que chacun pourra consulter sur lui-même et qui finira par nous accabler d'ennui. Ou de honte.)

Un dimanche que Céline avait trop de travail pour sortir, je suis allé me promener seul dans les montagnettes dont la crête borne notre horizon au nord. C'était la première fois que j'y allais sans elle. J'ai marché plus vite que d'habitude, ce qui a brouillé mes points de repère, si bien qu'ayant au-dessus de moi, mais à bonne distance encore, un rocher en forme de tête de chien que je reconnaissais parfaitement, je me suis trouvé en même temps dans un endroit par lequel il me semblait n'être jamais passé : découpée au milieu des chênes verts, une clairière ronde, au sol plat, comme noirci sous la courte végétation qui y poussait. Ouvrage des hommes, de toute évidence, mais j'ignorais qu'il s'agissait d'une charbonnière. C'est Monsieur Leleu, le père Leleu comme l'appelle Céline, qui me l'a dit avant même que j'achève ma description. Vous êtes sûr, Monsieur Leleu ? Mais voyons, répond-il d'un air à la fois ironique et agacé, évidemment que je suis sûr ! Et de m'expliquer le travail des charbonniers, comment ils édifiaient la meule, la faisaient brûler, tout cela de façon si précise qu'on aurait dit qu'il en avait fait métier, et fort exhaustive, ce qui lassa mon attention presque immédiatement. Donc je traverse la clairière, étonné de la douceur élastique du sol sous mes pas, perds de vue le rocher en forme de tête de chien et me trouve devant une capitelle de pierres sèches, intactes, à entrée très basse sous un énorme linteau monolithe. L'étagement de dalles qui en constitue le toit semble n'avoir pas bougé depuis la construction. À l'intérieur l'ombre est froide. Je sors, je fais le tour du petit édifice qui est environné de ronces ; je suis certain de n'avoir jamais vu cette capitelle. Pourtant je lève les yeux et voilà mon chien au-dessus de moi, exactement là où il doit être, là où il est quand je prends avec Céline le chemin qui conduit à la crête, lequel est bien là, lui aussi, sous mes pas, sans que j'aie eu à le chercher, innocemment tracé au milieu des chênes verts qui lui ont fait un tapis de feuilles séchées. Il me mène en quelques lacets à mon rocher repère, le contourne, l'aplatit peu à peu sous mon regard à mesure qu'il s'élève, jusqu'à ce que l'idée même d'une tête de chien se soit effacée. J'atteins la crête, je souffle : j'ai grimpé trop vite. Le vent vient du nord, il a balayé les impuretés du ciel ; je vois à mes pieds les bourgs et villages du vignoble sous leurs toits de tuiles rondes et le vignoble lui-même jusqu'à la mer, interrompu seulement par quelques buttes couronnées de pins parasols et l'incision de minuscules rivières qui ne coulent qu'en période de grandes pluies. Saint-Julien m'est caché par la hauteur sur laquelle se dressent les ruines de son château. « Derrière c'est la maison. » À peine ces mots et l'image de la maison avec sa courette et son néflier se sont-ils formés dans ma tête que je m'avise de la soudaine et totale immobilité de l'air autour de moi : le vent est complètement tombé et avec lui toute cette agitation, ces bruits, froissements et craquements dont il est responsable. Le silence est absolu — le même que sur la plage de Maguelone dans mon rêve. Je n'entends que les battements de mon cœur, encore précipités par l'escalade. Un instant je me demande si je suis bien là où je croyais aller.

Notre ami Monsieur Leleu ne connaît pas l'endroit. Une capitelle ? dit-il. Intacte ? Elle a dû servir d'abri aux charbonniers. Il faudra que j'aille voir ça avec vous un de ces jours. — Mais il n'est jamais venu; il marche moins volontiers que naguère. Et de toute façon quand j'ai voulu montrer à Céline la capitelle et l'aire à charbon de bois, il m'a été impossible de les retrouver. Il est vrai qu'elle s'est vite fatiguée de la recherche, impatiente de gagner la crête et peu soucieuse de cette « ancienneté » qu'évoque Monsieur Leleu avec gourmandise, couvrant par ce mot, qui doit lui venir de son père et qui est un peu naïf pour l'ancien receveur des postes qu'il est, une étendue indéfinie de temps où il mêle sans broncher le souvenir des guerres protestantes et celui des *colles* qui rassemblaient les vendangeurs dans sa jeunesse. Comme il est naturel, le père Leleu en vieillissant se tourne vers les jours d'autrefois, ce qui ne l'empêche pas de prendre avec beaucoup d'indulgence le peu d'intérêt manifesté par Céline. Elle bâille discrètement quand le récit se prolonge ; il la regarde en souriant et elle lui sourit en retour, l'air faussement coupable. Ou, quand il s'égare dans un dédale de noms, d'alliances, de cousinages, car il sait tout de la population indigène de Saint-Julien, elle lui rit franchement au nez. Excusez-moi, Monsieur Leleu, mais je nage dans vos histoires. Et loin de lui en vouloir il rit avec elle, heureux de sa gaieté. Au moins elle est moderne, votre amie, me dit-il, plus que vous. Ce qui signifie aussi, je crois, dans sa bouche que Céline est plus positive que moi, plus solidement installée dans le réel. Et il a raison. D'ailleurs elle est comptable: les chiffres ne sont-ils pas moins soupçonnables que les mots ? Oui, ma chère enfant, c'est ainsi dans ce siècle de fer...

Il est amoureux de toi, ma Linotte. Si, si. Il te dévore du regard quand il croit qu'on ne fait pas attention à lui. Comme il est un peu sourd, il ne comprend pas tout ce que tu lui dis, mais ça ne fait rien, il approuve, il est content rien que du son de ta voix. C'est de l'amour. Apaisé. Du moins c'est ce qu'on peut supposer de la part de ce vieil homme dont les yeux levés vers toi sont si limpides et confiants. Alors elle se penche pour me souffler dans le cou comme elle sait que j'aime qu'elle le fasse : limpides, *caro mio ?*

Le père de Monsieur Leleu, son grand-père, son arrière-grand-père, tous, aussi loin qu'il remonte, ont vécu de la vigne. Son frère cadet en vit encore. Et sans doute en serait-il allé de même pour lui s'il n'avait eu une petite santé qui l'a incité à choisir les bureaux. Le frère vigneron habite la ville basse. Monsieur Leleu aîné a conservé la maison paternelle, visible de nos fenêtres à l'autre extrémité de la place. Il y est comme dans des vêtements trop larges, veuf, les enfants partis pour la grande ville. Il s'ennuie un peu. Nous lui avons conseillé de mettre par écrit ses souvenirs, l'histoire qu'il connaît si bien du pays et de notre petite cité. L'idée lui a plu, il a acheté un classeur et un paquet de feuilles perforées qui lui paraissaient le comble du modernisme et le voilà à l'ouvrage. Je vous montrerai seulement quand ce sera fini, nous dit-il, se réjouissant par avance de l'effet de surprise, le regard éclairé de malice.

— Pourquoi, on va avoir des surprises ?

Ah... Le père Leleu hoche la tête. Bien sûr que vous allez avoir des surprises. Une au moins, concernant votre maison. Elle a une histoire, cette maison, vous allez être étonnés. Et tandis qu'il continue à hocher la tête, la lueur de malice s'éteint dans ses yeux, il prend un air grave et mystérieux qui éveille notre curiosité. Mais les feuilles perforées, à peine couvertes de l'écriture bien droite de l'ancien receveur, volent l'une après l'autre dans la corbeille à papiers. Ce n'était donc pas si simple que cela ? Les choses rétrécissent dans les mots comme des peaux de chagrin, hein, Monsieur Leleu ? Ah ! déplore-t-il, le cahier d'Alberto... Si seulement il avait sous la main (car il a voulu commencer par nous, par notre maison) ce cahier d'Alberto qui un temps avait échoué dans son bureau de poste et qu'il a parcouru — horrifié —, un cahier d'écolier à l'ancienne avec des carreaux, beaucoup de fautes d'orthographe, quelques-unes de grammaire, mais finalement ce démon d'Alberto disait bien ce qu'il voulait dire, lui, un type qui avait tout juste son certificat d'études... Dépité, notre ami faisait un geste de découragement : rien à faire, il n'y arrive pas. Quand nous demandons ce que c'est que ce cahier d'Alberto, il répond (comme s'il ne fallait pas commencer par nous dire qui est Alberto) : Oh rien de rare, vous imaginez bien, simplement Alberto a eu envie de s'expliquer, de parler, lui qui avait toute sa vie fermé sa bouche, et pour cause. D'accord, Monsieur Leleu, mais Alberto c'est qui? Nouveau geste de découragement: c'est justement ce qu'il voulait écrire dans le classeur à feuilles perforées! On ne peut pas raconter Alberto en quatre phrases. Si seulement je retrouvais le cahier... À l'époque la photocopie n'existait pas et puis je ne crois pas que j'aurais osé. Je l'ai rendu.

— À qui ?

— À Maria-Pia, la sœur d'Alberto. Elle travaillait à la poste. Enfin plus exactement j'ai remis le cahier là où je l'avais pris.

Personne dans notre entourage saint-juliennais ne semble avoir connu Alberto et Maria-Pia — ou avoir envie de parler d'eux. Un seul nous dit : il y avait un frère plus jeune, un nommé Fernand, un peu simplet, mon père en parlait, de ce Fernand, parce qu'ils étaient à l'école ensemble et que l'instituteur n'avait jamais réussi à lui faire entrer quelque chose dans la tête. Céline prétend que les Saint-Juliennais savent, mais se taisent. Savent quoi ? Ce qu'il y a à savoir, je ne peux pas te dire quoi puisque justement nous on ne sait pas.

Nous retournons à Maguelone. L'automne est venu : plus de baigneurs sur la plage ni de familles bariolées aux couleurs de l'été pour prendre d'assaut le petit train-jouet qui mène du canal à la mer, contournant par une allée de sable les vignes et le bosquet où se dissimule la cathédrale. Le petit train attend les beaux jours, rangé dans quelque hangar. J'aurais aimé faire, sur l'une de ses banquettes à dossier droit ou assis auprès du conducteur, le dernier parcours qui l'a conduit à son lieu d'hivernage et que j'imagine accompli au coucher du soleil, la veille de la rentrée scolaire. D'un coup la plage est rendue au silence. Elle ressemblerait tout à fait à celle de mon rêve si Céline n'était pas à mes côtés qui me donne le sentiment du réel, un sentiment dont il paraît que j'ai grand besoin — peut-être, mais qui est tellement illusoire ! — bref je la tiens fermement par la main et nous restons immobiles sur le bord du canal, dos tourné à la mer, à attendre que le jeune pêcheur appuyé au garde-fou de la passerelle relève son carrelet. Tu crois qu'il va prendre quelque chose ? chuchote Céline. Comme en réponse le garçon s'arc-boute pour remonter le filet : au milieu une demi-douzaine de poissons, agités par des soubresauts de désespoir. Je détourne les yeux. La cathédrale est invisible ; pourquoi les Allemands, pendant qu'ils y étaient, n'ont-ils pas abattu les arbres qui la cachent de façon qu'elle se dresse dans la réalité comme elle le fait dans mon rêve, haute vigie saluée à des milles par les marins ?

Céline décide de se baigner. Tu es folle ! Elle prétend que l'eau n'est pas froide. Nous retournons à la plage et tandis qu'elle avance dans l'écume, je regarde bien au-delà d'elle vers l'horizon. Pas de bateau. Les Allemands reviennent dans ma tête, ce qui n'est pas étonnant puisque je suis en train de traduire pour un éditeur de Milan un récit qui évoque les années d'occupation. D'après le père Leleu, ils avaient interdit l'accès aux plages et jalonné celles-ci de blockhaus dont certains subsistent encore, à moitié effondrés ; les soldats vert-de-gris surveillaient la mer comme je le fais aujourd'hui, anxieux et peut-être impatients d'y voir se dessiner et grandir et remplir enfin tout leur champ de vision une armada qui ne s'est jamais montrée. Près de soixante ans se sont écoulés et je regarde la mer vide avec le même désir et la même peur anticipée... quand soudain j'écarquille les yeux, pris d'une horrible frayeur : Céline a disparu. Elle n'est plus nulle part dans ce moutonnement de vagues où je voyais danser sa tête tout à l'heure. Ainsi, pendant que tu contemplais l'horizon, absorbé tout entier dans une scène imaginaire, habité d'événements qui ne se sont pas produits et qui, mieux, s'ils s'étaient produits, si l'armada attendue était arrivée, ce n'aurait pas été sous ce ciel muet, avec cette régularité de marée toute-puissante qu'il te plaît de te figurer, mais dans un fracas d'agonie, les sifflements des avions et le tonnerre des canonnades, le chaos et les déchirements de la vraie guerre, pendant que tu étais Dieu sait où, dans un autre univers, Céline... Céline est là ; elle est derrière moi, elle promène ses lèvres sur ma nuque, elle n'a pas de rancune puisqu'elle ne sait rien. —Tu ne m'avais pas vue sortir de l'eau ? Tu avais cet air bête que tu prends quand tu rêvasses. Les battements de mon cœur se calment, je me retourne et j'enfouis mon visage entre ses jambes.

— Ça t'arrive de penser à la guerre ?

— Quelle guerre ? dit-elle. Pourquoi tu dis ça ? Tu crois qu'il va y avoir une guerre ?

Parfois, quand elle a un message à me laisser, elle le plante carrément au milieu de mon travail. Le lendemain du jour où je l'avais cru noyée, je trouve, enchaînant sur le début de paragraphe où j'en étais resté la veille : *j'ai hâte que tu aies terminé la traduction de ce livre.*

Ma cervelle serait-elle fragile ? Suis-je un écervelé ? Ou décervelé peut-être ? Mon petit Sandro... bien sûr que ta cervelle mignonne est fragile. Nous allons la soigner, la bichonner, l'envelopper de compresses humides ; tu te réveilleras pur de toute pensée malsaine, délivré du rêve de Maguelone et du cahier d'Alberto, des capitelles imaginaires dont Monsieur Leleu lui-même, grand coureur de montagnettes, ramasseur de champignons et d'escargots et observateur éclairé des choses anciennes, n'a jamais vu s'ouvrir à travers ronces et chênes verts l'entrée basse à linteau massif...

Le soir est d'une extraordinaire douceur automnale. Après le dîner nous sortons pour une promenade dans les ruelles environnantes, main dans la main. Personne. Autrefois, en ce temps de l'année, les celliers auraient regorgé de comportes et nous aurions eu dans les narines une odeur de raisin fermenté. Aujourd'hui les portes sont closes ; derrière, plus de raisin, plus de charrettes ; des voitures, aérodynamiques.

— Tu regrettes ?

Non, c'est une constatation. Je n'ai pas de regret, de l'étonnement plutôt. Je pense à ces choses et elles m'étonnent. Tu crois que j'ai le cerveau dérangé ? Ce n'est pas quelque chose comme ça que tu as mis au beau milieu de ma page et que j'ai trouvé ce matin ?

Elle me regarde, l'air surpris.

— Non, je n'ai pas du tout écrit que tu avais le cerveau dérangé, mais finalement c'est ce que je pense !

Elle prend mon bras. Viens, Sandro *sandrissimo;* sérieusement, ce que je crois, c'est que tu vis un peu trop dans le passé depuis quelque temps, c'est bon pour le père Leleu qui est un vieux monsieur, mais toi... Peut-être bien que c'est à cause de ce livre, j'aimais mieux quand tu traduisais des articles, c'était plus varié. Mais non, *amore,* je ne t'ai jamais dit qu'il fallait entourer ta petite tête mignonne de compresses humides, quelle idée! encore que... je t'imagine assez bien, cela te donnerait l'air d'un forban, le forban que tu es peut-être d'ailleurs, qui sait?

— Oui, est-ce qu'on sait...

Nous rentrons. Nous traversons le cellier et allons nous asseoir sous le néflier dans la courette. Je jette mon habituel coup d'œil au fenestron des voisins et, ce faisant, je rêve qu'ils me font visiter leur grenier, que je découvre ce qu'il y a derrière le fenestron, et si l'on peut y accéder facilement, introduire sa tête, voir ce qui se passe chez nous. Sans doute que j'ai pris mon air bête, Céline s'agite, qu'est-ce que tu regardes?

— La maison des voisins. J'aimerais la visiter.

— Pourquoi? Tu n'es pas content de la nôtre?

Si, si. Comment lui expliquer? C'est une espèce d'inquiétude que j'ai. Il me semble que quelqu'un guette derrière ce fichu fenestron. Si j'avais une idée précise de l'épaisseur du mur... Très épais certainement, comme le sont les nôtres: soixante, soixante-dix centimètres? plus? L'ouverture étant exiguë, cela me rassure, ne facilitant pas la plongée du regard sur notre cour où nous aimons à nous installer le soir dès les premiers beaux jours et que nous nous plaisons à croire, comment dire, inviolable. Sécurité de ces cours intérieures. On est dehors et chez soi à la fois.

— Les voisins, déclare Céline, se fichent éperdument de ce que nous pouvons bien faire sous notre néflier.

Bon. C'est agaçant qu'elle ne comprenne pas. Je n'ai jamais dit que nos voisins étaient voyeurs. Pour ce que je connais d'eux, ce n'est pas le genre et de toute façon ce n'est pas à ça que je pense, je veux dire : à d'éventuelles manifestations d'intimité dont ils auraient l'exclusivité visuelle. Non, c'est simplement que tu te crois à l'abri et tu ne l'es pas. Suppose que tu aies quelque chose à cacher. Ou quelqu'un. Ce quelqu'un un jour ou l'autre va sortir de la maison, s'asseoir sous le néflier, s'étirer, se gratter, bref profiter de lui-même et de l'air du soir, surtout s'il a passé toute la journée à l'intérieur comme cela nous arrive à nous quand nous sommes à notre travail. Peut-être qu'il va soliloquer en faisant des gestes. J'invente ? Ben oui, nous ne cachons personne, j'ai dit : suppose... Et puis pour être franc je reconnais que c'est un de mes désirs fantasmatiques, un endroit où l'on est sûr d'être inaccessible, protégé de tout, où aucune violence ne peut vous atteindre. Le ventre maternel, oui, tiens, je n'y avais pas pensé. Une prison en même temps, regarde ces murs autour de nous.

Nous faisons pousser une treille sur celui qui nous sépare de nos voisins. Monsieur Leleu, qui nous guide pas à pas dans cette entreprise, s'étonne de notre ignorance tout en jouissant d'avoir — pour une fois, dit-il — matière à nous instruire. Nous apprenons, penchés sur un plant minuscule, qu'il nous faudra tailler, soufrer, sulfater, déchausser, désinsectiser et, au début du moins, arroser.

— Après, les racines vont chercher l'humidité très loin dans le sol et ça donne sa force à la treille. Ah naturellement il y faut des années...

Nous serons partis, alors. Quelqu'un d'autre en profitera. Révolu, Monsieur Leleu, le temps où une maison vous faisait une vie, et puis celle de vos enfants et petits-enfants et au-delà encore. Et c'est tant mieux : croyez-vous que la charge n'est pas suffisante de notre propre passé sans avoir à assumer celui des autres, de tous ces autres qui ont habité ces murs et qui aux jours de silence, rares heureusement dans la vie moderne, font entendre comme une respiration basse et fiévreuse autour de nous ? La nôtre va s'y mêler, c'est fait déjà, il est trop tard pour retirer de leur emprise ce petit peu d'âme, ce souffle qui nous a échappé heure après heure sans que nous y songions. Trop tard, inexorablement trop tard, Sandro, mon cher jeune ami, vous resterez parmi nous, l'un des nôtres à jamais, plaignez-vous ! dans cette belle grande maison de pierre, confortable derrière ses murs de forteresse, le mot m'a échappé... mais non, pour autant ce n'est pas une prison, poussez la porte, cher Sandro : vous êtes sur la place à la fontaine, sous les platanes, et si vous renversez la tête, au-dessus des frondaisons c'est notre ciel du midi que vous aimez tant, celui que vous allez contempler dans nos collines, sur lequel vous portez votre regard à la ronde, la grande coupole immobile.

— Sandro, le p... Monsieur Leleu te parle.

Je sors de mes pensées juste à temps pour saisir dans les yeux de Monsieur Leleu une lueur d'amusement amical : il sait, assurément, que Céline dit en parlant de lui le père Leleu (ne lui arrive-t-il pas de le dire lui-même ? L'autre jour, à propos de la treille : vous la ferez venir au-dessus de la cour, de ce côté-ci, sur deux barres de fer, cela vous donnera de l'ombre ; ah bien sûr le père Leleu ne sera plus là...)

— Vous disiez, monsieur Leleu ? excusez-moi...

C'est à propos de la capitelle. Étant donné l'endroit, il se demande si ce n'est pas ce qu'Alberto appelait dans son cahier *l'oustalet d'en-bas.* Alberto, vous savez ? un compatriote à vous en quelque sorte. J'échange un coup d'œil avec Céline : monsieur Leleu ne serait-il pas sur le point de nous livrer l'extrémité d'un fil d'Ariane qui nous conduirait à travers le labyrinthe jusqu'à la lumière ?

— Alberto, il était de la classe 43 : ceux qu'on a envoyés en Allemagne au travail obligatoire. Enfin qu'on a envoyés quand on a pu les attraper parce que la plupart ont filé dans les montagnes. Alberto est parti au mas de la Sauclière, et puis comme ils ont été trop nombreux là-haut, il est allé avec deux ou trois autres dans ce qu'il appelle l'oustalet d'en-bas. Et ça se pourrait bien que cet oustalet, ce soit votre capitelle. Tout ça était dans son cahier. Mais il n'y avait pas que ça... Certainement que Maria-Pia l'a brûlé, ce cahier.

Céline demande : c'est elle qui vous l'avait donné à lire ?

— Oh, répond-il sur le ton de l'évidence, vous pensez bien que non !

Voilà, il a tiré un coup sec, le fil d'Ariane est cassé. Nous nous mettons à parler d'autre chose, de notre future treille, des soins qu'elle nous coûtera et du plaisir que nous en aurons en retour, puis de la vigne en général sur laquelle l'ancien receveur en sait autant que s'il avait passé sa vie dehors à la cultiver et non dans le confinement du bureau de poste local. Puis de nous, de Céline et de son métier (mais alors avec votre machine, vous en faites plus en une heure qu'autrefois en un an? c'est ça? heureusement que j'ai pris ma retraite avant qu'ils nous mettent ça à la poste!), de Milan où je me rends souvent (ce n'est pas si loin que vous avez l'air de le croire, Monsieur Leleu, à peine une heure en avion — ah en avion, vous en avez de bonnes, vous...), de mes parents qui y habitent toujours le même appartement, près de la Porta Romana, au-dessus d'un flot de véhicules bruyants et de tramways. Parfois Céline m'accompagne, ce qui enchante mon père parce qu'il fuit les occasions de tête-à-tête avec moi. Il a toujours préféré mon plus jeune frère, Aldo, comme ma mère d'ailleurs, et puis je l'ennuie, sans doute, tandis qu'entre Céline et lui l'échange est tout naturel, ils plaisantent, discutent, tantôt en italien tantôt en français — mais si, mais si, dit mon père, n'écoutez pas Sandro, votre accent est parfait, bien meilleur que celui de ma femme. Et ma mère d'approuver, elle n'a pas de prétention en la matière, d'ailleurs c'est vrai que son accent est abominable.

Une autre fois Monsieur Leleu nous apprend qu'Alberto était originaire de l'Italie du nord, un village près de Novaro ou Novara (Novara, Monsieur Leleu). Maria-Pia et lui sont nés là-bas, mais Fernand, le plus jeune, est né en France.

— Ils sont morts tous les trois?

Il lève sur moi un regard étonné, puis:

— Je suis bête, bien sûr, vous n'étiez pas dans la région à cette époque-là.

Pourquoi aurais-je voulu savoir plus vite qu'il n'avait envie de dire? Ma curiosité s'évanouissait sitôt qu'il nous quittait, soulevant sa casquette pour saluer Céline avec un rien d'affectation ironique, comme pour rappeler qu'un vieil homme ne doit pas à une si jeune femme les égards de la galanterie. Je reprenais le fil de mes pensées, prosaïques parfois, comptables même, car paradoxalement c'était moi qui m'occupais de notre budget : Céline prétendait que j'en étais resté à l'âge du boulier, mais que justement, c'est sain pour une économie ménagère. D'autres fois je revenais à mon travail en maugréant : il est rigolo, le vieux Leleu, comme si on n'avait rien d'autre à faire que bavarder autour d'un embryon de treille... Je travaillais tard, Céline allait se coucher, elle effleurait mes cheveux d'un souffle, je n'avais pas le temps de me retourner qu'elle disparaissait, happée par l'obscurité du couloir qui menait à notre chambre avec une soudaineté dont chaque fois j'étais surpris. Céline ? où es-tu passée ? réponds, ma chérie. Sa voix sortait de l'ombre pour me rassurer, gaie ou agacée. Et où pouvait-elle être en effet sinon dans ce couloir, la main sur la poignée de porte, bâillant déjà, tandis que je fais pivoter ma chaise de bureau et me remets à ma traduction. Celle-ci presse désormais, j'avance, mais quelquefois je m'enlise dans un fragment de texte, il me semble être ligoté par les longues herbes aquatiques d'un marécage au-delà desquelles je vois se dérouler une histoire qui n'est plus tout à fait celle que je suis censé traduire, qui s'est échappée vers cet espace libre et laiteux que j'aperçois entre les roseaux, strié par leurs tiges comme par des barreaux. De nouveau derrière moi la cathédrale, le Christ au portail, sa bénédiction dérisoire s'effaçant peu à peu de la pierre, aussi impuissante que mes jambes qui s'engourdissent dans la vase mortifère du marais. Ici, si j'en crois mon auteur, a été commis un meurtre : un soldat a abattu d'une balle dans le dos un adolescent qui était venu pêcher au carrelet dans le canal. Les autorités militaires allemandes ont nié toute responsabilité ; l'assassin demeure sans nom et sans visage, il est comme ces figurines découpées dans du carton noir qui servent de cible dans les stands de tir, avec cette différence que c'est la figurine qui tenait le fusil. Silhouette faite d'ombre, retournée à l'ombre, mais qui en est sortie quand même pour épauler, viser, tirer. Quelques secondes ce visage a été dans la lumière du jour. C'était l'après-midi, je crois, et il y avait du brouillard par intermittences. L'homme a tiré dans une déchirure du brouillard, à un moment où il pouvait voir sa victime et où lui-même a été visible.

Au lieu de rejoindre Céline, car il est tard et je ne ferai plus rien de bon, je m'adosse à ma chaise et je me demande longuement quelle sorte de visage a cet homme. C'est là que je m'écarte, insensiblement d'abord mais de façon insidieuse, du récit dont je suis supposé être le captif consentant. Pour mon auteur il n'y a de l'autre côté du canal qu'un soldat, un assassin anonyme ; mieux, un geste, un acte qui s'incarne le temps de faire éclater l'horreur du crime dans la grisaille ouatée des étangs de Maguelone. Mais je pose la question qui n'est nulle part dans les pages que je traduis : qui ? Qui a commis ce crime ? Le visage de la victime, nous le connaissons. Inutile de le décrire, nous l'avons sous les yeux, photographie en noir et blanc placée sur une crédence de salle à manger et encadrée par le photographe local, présentant depuis plus d'un demi-siècle aux visiteurs, aujourd'hui l'aide ménagère, l'infirmière, quelque voisine, le maigre visage d'un adolescent aux yeux étonnés, comme si l'avait saisi par avance l'affreuse surprise du coup de poignard de cette balle entre les omoplates. Mon auteur, auquel une fidélité contrainte me ramène toujours, évoque l'asphyxie frénétique des poissons dans le carrelet posé sur la berge quand leur bourreau, la bouche pleine de terre, glisse déjà vers l'eau du canal. Ainsi, me dis-je, pour lui c'est fini. Mais l'autre, celui qui a remis son arme à la bretelle, qui se détourne, s'en va dans la direction du bosquet de pins et d'acacias où s'abrite la cathédrale, celui-là, qui est-il ? Quelqu'un l'a-t-il vu ?

Quelqu'un l'avait vu. Autrement dit je ne suis pas seul derrière les roseaux qui me cacheraient à la vue du soldat si celui-ci, se conduisant comme le ferait normalement une sentinelle, regardait autour de lui. Mais justement c'est ce qu'il ne fait pas. Il s'éloigne, traverse la piste qu'emprunte aujourd'hui le petit train aux banquettes bariolées et disparaît. Je songe à me redresser, à m'en aller moi aussi pour regagner le village de Villeneuve où j'ai laissé ma voiture ; mais je reste collé à ces roseaux, à cette ligne d'horizon blanc pâle, résistant de toutes mes forces au désir d'aller voir sur la berge le carrelet où les poissons ont cessé de s'agiter et, dans le canal, ce corps d'adolescent qui tourne doucement au gré de l'eau, jambes et bras écartés.

L'homme auprès de moi, accroupi et dont il m'a semblé entendre la respiration, je ne sais pas encore qui il est, mais j'ai un soupçon. Peut-être que c'est Alberto, cet Alberto dont Monsieur Leleu parle si mystérieusement, Alberto dont, à l'époque, je ne savais guère qu'une chose: qu'il était l'auteur d'un cahier introuvable. Je n'avais même pas compris encore, ce qui ressortait pourtant assez clairement, paraît-il, des propos de l'ancien receveur: qu'Alberto avait, conjointement avec sa sœur Maria-Pia et leur frère cadet Fernand, habité notre maison, ce qui impliquait bien sûr la jouissance de la cour au néflier sous l'œil oblique du fenestron des voisins. Céline affirma qu'elle l'avait bien entendu ainsi dès le début, d'une oreille distraite d'ailleurs, car quel intérêt, elle ne voyait pas pourquoi elle aurait éprouvé le besoin de s'assurer que j'avais tiré des allusions, assez vagues c'est vrai, du père Leleu les mêmes déductions qu'elle. Comment, lui dis-je, ce trio ici, c'est tout l'effet que cela te fait ? Et en même temps que m'échappaient ces paroles, je prenais conscience de leur étrangeté ; quelle importance en effet, ces habitants-là ou d'autres ? Céline observe qu'il n'y a pas lieu de parler d'eux comme s'ils étaient encore là et que nous soyons obligés de partager avec eux notre intimité. Observation dont la validité couvre, disons, les neuf dixièmes du temps que nous passons dans la maison ; pour ce qui est du dixième restant, il me semble bien que nous partageons avec ces gens quelque chose, j'ignore quoi, quelque chose qui tient à leur vie secrète, une vie, me dis-je à moi-même en toute irrationalité, *maudite* très certainement.

L'espèce de fait divers à rallonge qu'avaient constitué la vie et la mort d'Alberto et des siens n'était pas si ancien, somme toute, qu'il ne soit encore l'objet d'allusions et évocations spontanées que dans les premiers temps, sans doute, nous entendions sans les comprendre et qui désormais s'éclairent de ce que nous savons. Nous apprenons que Maria-Pia a passé les dernières années de sa vie enfermée dans la maison sans en sortir jamais ni ouvrir sa porte à qui que ce soit ; que des deux frères, l'un, Alberto, a disparu ; l'autre, Fernand, s'il se montre régulièrement dans le bourg pour y faire les courses nécessaires, a perdu l'habitude de parler, juste ce qu'il faut pour demander les choses dont il a besoin, encore les désigne-t-il le plus souvent — quand il ne se sert pas lui-même. Il sort l'argent de sa poche de pantalon, il compte ses sous. Chaque début de mois il se rend à la poste — cela, bien sûr, c'est Monsieur Leleu qui nous l'a dit — il a une procuration, il touche la pension de sa sœur. Là aussi il compte la somme, à voix basse. Ni bonjour ni bonsoir, il tourne le dos. Une fois qu'un jeune l'avait bousculé par inadvertance, il a montré les dents. Si, si. Comme un chien qui gronde. Vous savez, c'était un peu l'idiot du village, Fernand. Et ça ne l'avait pas arrangé, la vie que les deux autres lui faisaient mener.

Et puis un beau jour Fernand sort de la maison tête nue, lui qui avait toujours sa casquette sur les yeux, il se précipite chez le boulanger, et le voilà à crier et bafouiller, qu'il faut venir, que sa sœur est tombée malade. Les gens y sont allés, et puis on a appelé le médecin, les gendarmes, tout ça: elle était morte. Mort subite, une apoplexie. Bon, vous n'imaginiez quand même pas que vous pouviez vous installer dans une maison aussi vieille que celle-là, sans qu'il y ait eu quelques morts, subites ou pas, dedans...

— Évidemment.

Mais je fanfaronne. Je n'imaginais rien du tout. Est-ce que l'on n'a pas le bon goût de mourir à l'hôpital de nos jours ? Cette vieille femme, les yeux révulsés sur les marches de notre escalier ou les dalles du couloir...

— Pourquoi pas dans son lit? elle peut avoir été emportée dans son sommeil.

— Toujours optimiste, ma Linotte.

Décidément c'est sur les marches que je la vois, Maria-Pia, tête renversée, jambes en l'air et jupe relevée jusqu'au haut des cuisses, corps impudique sous les yeux de son frère à demi imbécile, tellement ilôtisé qu'il reste là, attendant les ordres de sa sœur avant de comprendre qu'elle ne lui en donnera plus. Alors il sort comme un fou, oubliant sa casquette. Après l'enterrement on l'a mis dans une maison de retraite. D'Alberto, toujours aucune trace. Quelques années plus tard on a appris qu'il était mort en Italie, à Novara : un soulagement pour moi, le cadavre de Maria-Pia me suffisait.

J'ai mis du temps à me débarrasser de l'image de ce corps à enjamber dans l'escalier, chaque fois un peu plus nu et blême, bouche ouverte comme si elle avait eu quelque chose à me dire, un aveu horrible à faire avant de disparaître pour de bon, ce qui est arrivé enfin. Nous avons pu penser à autre chose et une agréable paix est descendue sur la maison. J'avais terminé ma traduction ; en attendant mieux, je faisais des besognes alimentaires : brochures touristiques et techniques, quelques articles pour des revues et magazines. Céline avait plus de travail que moi, j'allais passer l'après-midi sans elle dans les montagnettes qui dominent notre village, plantées de vignes en coteaux sur leurs premières pentes et abandonnées plus haut aux chênes verts, aux buis et aux cailloux. Je ne songeais plus à la capitelle qui avait peut-être été *l'oustalet* d'Alberto, et de toute façon c'était ailleurs que ma curiosité me dirigeait, dans des endroits incroyablement sauvages à si peu de distance du vignoble, où l'on découvrait au fond d'une combe ou sur un flanc de colline les ruines inaccessibles d'un mazet, d'une bergerie, étouffées par des ronces géantes. Les chemins qui en avaient permis l'accès étaient fermés depuis longtemps, il fallait renoncer. D'autres fois un sentier bien tracé débouchait sur un espace épierré qui avait été champ de blé ou de pommes de terre et où des touffes d'herbe séchée tapissaient un sol aussi dur que du ciment. Rien n'était vivant pour moi comme ces lieux désertés. Les hommes d'autrefois les habitaient, délivrés du labeur de fourmis qui les y avait attachés, tranquilles, dans une invisible ubiquité. Leur compagnie me convenait. Rentrant à la maison je trouvais un message de Céline, toujours à sa tâche dans la pièce à côté, m'engageant à fréquenter le « côté de Saint-Jorre » (du nom du pic qui domine le massif) plutôt que le « côté de Maguelone » qu'elle jugeait maléfique. Elle avait raison, ce qui ne m'empêchait pas de soupirer : ah ! ce Christ de Maguelone, si serein, ce ne serait donc qu'une infâme tromperie ?

Je n'aurais pas partagé autant avec elle mes images et mes rêves s'il n'y avait eu entre nous cette facilité de dire que nous procuraient nos écrans, le mien en fait le plus souvent, car les tableaux comptables de Céline se prêtaient mal à l'insertion de nos propos à bâtons rompus. C'était devenu là un ingrédient et un agrément de notre vie commune que cet échange différé où nous étions à la fois plus réfléchis et moins réservés, plus libres. Trop libres sans doute : j'ai fini, je crois, par me parler à moi-même. Quelquefois je savais si bien à l'avance ce que ma compagne allait me dire que je l'écrivais pour elle, avec simplement au bout de la phrase, entre parenthèses, un point d'interrogation. Et quelquefois Céline se contentait de supprimer le point d'interrogation. Et ensuite : *Caro mio,* quelle intuition ! est-ce que ça n'est pas diabolique ? Ma Céline aimée, c'est toujours diabolique quand on se penche sur l'âme d'autrui...

Lorsqu'elle fut à jour dans son travail, nous partîmes pour Milan, en voiture afin de flâner un peu à travers la haute plaine du Pô : Suse, Turin, et puis Novara pour la basilique San Gaudenzio et le Broletto. Je n'ai pas caché que je souhaitais retrouver à Novara la trace d'Alberto. Puisqu'on y va de toute façon...

— Alberto ? mais est-ce qu'il n'est pas mort ?

Oui, bien sûr, mais la trace de cette mort justement. Comment, dit-elle comprimant une envie de rire qui creuse ses fossettes, tu veux te rendre sur la tombe d'Alberto ? On ne sait même pas son nom.

Son nom, je m'en étais enquis auprès de Monsieur Leleu. Et de celui de l'hospice où il avait fini ses jours.

— Et celui du cimetière, dit Céline dont les fossettes se creusent de plus en plus.

Ça, le père Leleu ne savait pas. Mais j'ai téléphoné. Ne prends pas cet air-là, qu'est-ce que cela a d'extravagant ? J'ai téléphoné à l'hospice, ils m'ont indiqué le cimetière. Tous leurs vieux y sont, regroupés. Tu n'es pas obligée de venir, ce sera juste une visite-éclair. — Pour faire quoi ? Comment pour faire quoi ? pour me faire une idée, voir le nom gravé sur la tombe. Être sûr qu'il existe, cet homme, j'en ai assez des Alberto par ci, Alberto par là, et jamais une trace concrète du personnage. Quand les gens sont morts, c'est qu'ils ont vécu. Non ?

— J'irai avec toi, mon petit Sandro. Je ne veux pas te laisser seul avec cet Alberto.

C'est ainsi que nous nous sommes retrouvés tous les deux, main dans la main, devant la tombe d'Alberto : une méchante croix de ciment avec son nom dessus en lettres noires, semblable à une demi-douzaine d'autres réparties dans ce secteur du cimetière où étaient rassemblés les pensionnaires de l'hospice ; mais là comme ailleurs régnait l'iniquité puisque certains jouissaient de véritables petites demeures, pieusement ornées et entretenues, quand les autres se contentaient d'une croix de ciment et du coup de balai de la Toussaint. Nous nous dirigeons vers la sortie, enlacés, l'esprit vagabond.

— Peut-être qu'il s'est fait enterrer avec le cahier...

Elle s'arrête, s'écarte pour me considérer. Sandro ! Pas question que cette nuit nous fassions le mur avec une pelle pour aller déterrer Alberto, je te préviens !

— Sotte...

Nous brodons un moment sur ce thème, évoquons films et romans noirs, viols de sépulture et vampires. Mais en même temps chemine sournoisement dans ma tête l'hypothèse que j'avais émise en manière de plaisanterie et qui me séduit de plus en plus, dont je me coiffe même, jusqu'à y voir la seule réponse possible à l'énigme de la disparition du cahier : oui, c'est cela, Alberto l'a emporté dans sa tombe, comment Monsieur Leleu n'y a-t-il pas pensé ? Le cahier ne réapparaîtra jamais. C'est le cas de dire qu'il faut faire une croix dessus.

Je me souviens que le séjour à Milan fut plein de bonne humeur, mon père gai comme un pinson, blaguant avec ma femme (ta femme ? ici on passe devant Monsieur le Curé), ma mère emportée par l'entrain général. Vous devriez vous installer ici, disait mon père. Il balayait toutes les objections : Céline a ses parents en Belgique ? Et alors ? rien de plus simple que d'aller de Milan à Bruxelles (où de sa vie il n'a mis les pieds). Notre travail, nous pouvons le faire où nous voulons, une maison ça se revend, etc.

— Bon, dis-je agacé, si on l'a achetée, c'est parce qu'on avait envie d'y vivre.

Je sentais que l'idée de mon père ne déplaisait pas à Céline, même si elle ne songeait pas vraiment à la suivre, et j'en eus une espèce de chagrin comme si en trahissant la maison, elle me trahissait moi. Et pourtant quelle heureuse inspiration ç'aurait été de quitter Saint-Julien pendant qu'il en était encore temps, quand je n'étais pas encore englué dans ce passé qui n'était pas le mien, où j'étais entré par effraction ou par erreur ou les deux, poussant une porte, et une malchance qui me guettait depuis toujours a fait que cette porte ouvrait sur le vide.

« Tu ne crois pas que tu vas un peu loin avec ton Alberto ? » Une phrase qu'elle aura déclinée sur plusieurs tons suivant le moment et son humeur : ironique, fâché, complaisant. Et aussi : « Il est mort, cet Alberto, n'oublie pas. Tu as tenu à vérifier, que cela serve à quelque chose. » Je hoche la tête, j'approuve, oui, je sais, je sais. Comment lui ferais-je comprendre ce qui est si énigmatique et si clair à la fois ? Alberto est l'homme dont j'entendais la respiration à mes côtés dans les roseaux de l'étang de Maguelone, ce qui en soi n'a rien d'extraordinaire puisqu'à l'époque du meurtre Alberto était maquisard et que son groupe était supposé collecter et transmettre des renseignements sur les défenses allemandes du littoral. Et Alberto fait du zèle, en jeune écervelé qu'il est. Il a laissé près de Villeneuve, cachés dans un jardin, les deux compagnons qu'il a la tâche de guider sur ce terrain dont chaque repli lui est familier et il s'aventure seul sur les bords de l'étang salé, attentif à ne pas provoquer d'envol intempestif d'oiseaux et avançant avec une lenteur infinie, les pieds dans l'eau afin de ne pas attirer l'un de ces chiens que certaines sentinelles promènent avec elles. Quand le soldat tire, il est là. Lui et lui seul pourrait décrire le meurtrier et opposer un démenti au capitaine allemand qui, sollicité par le maire de Villeneuve, refusera de reconnaître la responsabilité d'un de ses hommes. Mais Alberto ne dira rien, ni sur le coup à ses camarades du maquis, ni plus tard à qui que ce soit.

S'il reste bouche cousue sur ce crime, ce n'est pas qu'il l'approuve ni qu'il se sente le moins du monde, lui, le partisan, solidaire du soldat qui a tiré, non ; c'est qu'il ne pourra jamais se souvenir de la scène sans éprouver à nouveau, telle une onde qui va, il est vrai, s'affaiblissant d'année en année, la terrifiante secousse de plaisir qui l'a fait s'abattre en gémissant dans la vase, presque en même temps que l'adolescent s'abattait sur le sol, dos transpercé. Moment chargé d'un éclair mortel où il sembla à Alberto que le ciel s'était ouvert sur sa tête et que son identité se fracassait. Il serait dérisoire de dire qu'il ne fut plus jamais le même après, car c'était désormais comme s'il n'avait été, avant, qu'une ombre sans consistance. La vraie vie d'Alberto commençait là.

Et elle commence par une action aussi étrange que dangereuse. Le tireur s'éloigne, fusil à la bretelle. Pas de chien. Personne alentour. Alberto sort à quatre pattes de la vase, pieds nus, les souliers attachés par leurs lacets et pendus à son cou. Très précautionneusement, s'aplatissant au moindre bruit, il se dirige vers la victime qu'il ne prend pas le temps de considérer, simplement il attrape le corps par les jambes et il le traîne jusqu'au canal dans lequel il le fait basculer, au risque d'alerter la sentinelle. Mais celle-ci a gagné sans doute la cathédrale, personne ne se montre. Dans le carrelet, l'agonie des poissons a pris fin. Alberto est debout maintenant, comme s'il ne courait aucun danger, comme si les Allemands n'existaient plus. Il s'empare de deux poissons et les fourre dans la poche de sa veste. Puis il s'en va tranquillement vers

Villeneuve où il retrouve ses deux compagnons, qui ont sommeillé derrière des plants de tomates. C'était le temps de *l'oustalet d'en-bas,* mais aussi du mas Laribeyre, de RoqueLine, du Caylaret, du Vialar, abandonnés depuis des années et que les partisans avaient aménagés sommairement pour s'y abriter.

Monsieur Leleu a renoncé à rédiger sa chronique des jours anciens. Il compense par une conversation plus que jamais nourrie de l'histoire locale. Nous l'écoutons un peu distraitement, noyés dans le réseau des parentés saint-juliennaises dont il croit nécessaire de dresser la carte avant toute anecdote. Inutile alors de le presser : ah ! dit-il, je vois que vous n'avez pas compris. Et il recommence. Parfois nos voisins nous rejoignent sous le néflier. Ce ne sont plus les mêmes, la maison a de nouveau changé de main. Un couple jeune, agréable. Ils passent un coup de téléphone avant de venir.

— Vous pourriez nous héler par le fenestron...

La réflexion m'est sortie de la bouche et je la regrette aussitôt. Mais ils ne savent même pas de quel fenestron il s'agit, entendant d'ailleurs pour la première fois ce mot, qu'il faut leur expliquer, s'excusent sur le fait qu'ils sont nouveaux venus, déclarent que leur grenier est plein d'un bric-à-brac entassé là par des générations d'occupants et avouent que pour l'instant ils font comme leurs prédécesseurs : ils ajoutent à l'entassement, ce qui rend de plus en plus problématique l'accès aux dépôts primitifs, *a fortiori* à un fenestron.

— Vous y trouveriez des claies là-haut, dit Monsieur Leleu, c'était une magnanerie.

— Ah ? on nous avait dit une maison de vigneron...

Ingénuité d'arrivants. Je mesure le temps écoulé à la pitié que m'inspire pareille ignorance. Ici, loin qu'il y ait incompatibilité, on élevait des vers à soie dans tous les greniers comme complément au revenu de la vigne. Notre voisin se tourne vers Monsieur Leleu pour lui demander s'il a connu le dernier vigneron propriétaire de ce qui est maintenant sa maison.

— Pardi !

C'est vrai, je n'y avais pas songé, l'ancien receveur habite de l'autre côté de la place, comment n'aurait-il pas connu ces gens qui avaient vue sur la cour de Maria-Pia ? C'est bien cela, Monsieur Leleu ? Grâce au fenestron, qui est en ce moment précis où nous devisons si plaisamment comme un œil au-dessus de nos têtes, les voisins de l'époque plongeaient dans la vie secrète de Maria-Pia alors même qu'elle avait clos sa porte à toute visite, ce qui ne pouvait être sans quelque motif. Et ce n'est pas parce que l'œil ainsi ouvert sur notre cour est vide aujourd'hui (nos voisins, à supposer même que leur innocence affichée soit un masque, ne sont-ils pas ce soir à nos côtés ?) qu'il n'est pas à tout instant susceptible de retrouver sa capacité à nuire. Curieusement c'est au moment où je devrais être rassuré que je me sens le plus inquiet. Non, je ne soupçonne pas nos aimables voisins. Mais qui est chez eux lorsqu'ils n'y sont pas ? et même lorsqu'ils y sont ? Sur qui, sur quoi referment-ils la porte de ce grenier où l'entassement d'objets empêche toute circulation, où ils ne savent même pas ce qu'il y a ? Orbite vide, le fenestron ? Qui sait ?

J'ai dû prendre mon air bête, on me regarde gentiment. Pour me donner une contenance, je pose à Monsieur Leleu la question qui me vient à l'esprit :

— Et comment était-elle, Maria-Pia ? Je veux dire physiquement ?

Est-ce un coq-à-l'âne ? Je me le demande une seconde trop tard. Mais Monsieur Leleu n'a même pas pris le temps de respirer. Une petite femme un peu boulotte, dit-il, très brune, le type italien, quoi. Des yeux noirs enfoncés. Active, intelligente. Autoritaire à la maison : c'est ce que disait la mère, la *mamma*. Elle était entrée toute jeunette dans les Postes, avec juste son certificat d'études, et elle s'y est très bien débrouillée. Alberto, c'était les voitures, la mécanique. Il est parti à la ville dans un garage. Vous savez, excusez-moi, Sandro, mais les Italiens à l'époque c'étaient comme les Arabes aujourd'hui, il y avait pas mal d'hostilité. Remarquez, Maria-Pia et ses frères étaient français de nationalité.

J'ai envie de lui demander : et moi ? je n'ai pas du tout ce que vous appelez le type italien, qu'est-ce que je suis à votre avis ? Italien quand même (ce qui ne signifie rien) ? Français ? Milanais ? Céline vous dirait sans doute : *sandrissimo,* voilà ce qu'il est, avec un peu plus que le certificat d'études et des tas de billevesées dans la tête parce qu'il a trop lu étant petit. Elle aime à se moquer de moi et quand elle cesse de le faire, nous entrons dans le sérieux des choses, ce qui ne nous réussit pas.

Nos hôtes sont partis. La nuit est tombée et le fenestron n'est plus qu'un banal trou sombre. Une petite femme ronde et noiraude s'affaire dans notre maison. À quoi ? la vaisselle ? On n'entend pas d'entrechoquement d'assiettes ou de couverts. À des paperasses sous la lampe qui descend du plafond au centre de la table, abritée par un abat-jour de faïence aux bords festonnés. En tendant l'oreille, on percevrait un froissement de feuilles. Elle est là, penchée. L'Italienne, ah oui, elle est restée l'Italienne, malgré le certificat d'études, des années de présence au bureau de poste et un français qui ressemble trait pour trait à celui qu'on parle à Saint-Julien, accent inclus. Jamais d'italien avec ses frères, Fernand d'ailleurs le comprend à peine : leur mère, tôt demeurée veuve, leur parlait un mélange des deux langues où le français l'a emporté de plus en plus. Seul mot qu'ils ont gardé de l'ancienne patrie : la *casa.* La *casa,* c'est cette maison où il m'arrive d'entendre son pas, étonnamment léger. N'empêche, pour tous ils sont toujours « les Italiens », « l'Italienne de la poste ». Comme s'ils ne connaissaient pas leur nom de famille...

Lui faut-il des lunettes pour lire ? Non. C'est une femme encore jeune. Elle compulse une espèce de dossier dans lequel sont agrafés des articles de journaux. La lampe est munie d'un contrepoids, on peut l'abaisser ou la relever selon que l'on veut une lumière plus intense ou plus étendue. J'aime ces sortes de lampes, l'une d'entre elles éclaire sans doute, quelque part dans ma mémoire, une image-souvenir que je ne parviens pas à ramener à la surface de ma conscience. À moins que ce ne soit l'image de cette femme ? Elle lève la tête, elle réfléchit. C'est bien Maria-Pia, telle que l'a décrite le receveur, telle qu'il la voit tous les jours, arrivée la première au bureau de poste, efficace, silencieuse. Comme ils disent, les gens de Saint-Julien, elle a ses raisons pour fermer sa bouche.

Mais elle n'avait jamais été bavarde, peut-être à cause de cette pancarte, *Italienne,* qu'elle devait sentir dans son dos. Alberto, si. Petit garçon il était bavard comme une pie. Intelligent lui aussi, mais pas à la façon de sa sœur, tout fou. Sympathique. Qui aurait dit... Il a été trop libre, aussi, cet Alberto, il n'y avait pas de père à la maison, la mère criait, mais baste ! Dès quinze ans il courait les filles et ma foi comme il était beau garçon... Certaines se sont laissé faire. Quelquefois des femmes mariées. On raconte... Enfin on ne prête qu'aux riches !

Cette nuit-là je me lève, saisi dans mon sommeil par la pensée que quelqu'un est entré dans le cellier. Je descends, j'allume. Alberto, c'est toi ? Naturellement je sais qu'il n'y a personne, c'est simplement le besoin violent de prononcer ce nom, ne serait-ce que dans un chuchotement. Je remonte. Céline tourne vers moi des yeux noyés, puis se retourne, m'offrant son dos. Nous nous emboîtons, j'ai à peine le temps de... Je grogne, le nez dans son cou, un bras autour de son ventre. C'est quand elle dort à demi que je prends le plus de plaisir avec elle. Ce qui n'autorise pas la réciproque, évidemment. Au matin elle ne se souvient de rien et je passe sous silence le bref délice de la nuit.

II

Mon éditeur milanais me fait savoir que j'ai commis un contresens dans le passage qui relate le meurtre du garçon au carrelet. C'est l'auteur qui l'a relevé. Là où le texte dit : « Je crois que personne n'a tiré le corps pour le jeter à l'eau », j'ai traduit : *Forse qualcuno...*, « Peut-être que quelqu'un a tiré le corps », etc. De confiance, sans même retourner au texte, j'ai corrigé : *Credo che nessuno...* J'ai envoyé la correction à l'éditeur et une petite carte à la dame-auteur pour m'excuser de mon erreur. Comment aurais-je pu lui expliquer que ce n'en était pas une, qu'un nommé Alberto s'était invité dans la scène et qu'elle n'y pouvait rien ? Et puis un peu plus tard la curiosité m'est venue de vérifier et j'ai repris le passage. Cher auteur qui semblez croire que votre imagination est la seule source légitime de cette scène (et des autres) et que, lecteur ou traducteur, nous n'avons droit qu'à un parcours rigoureusement balisé, cette illusion est un piège qui se referme sur vous. Car voici ce que je lis, écrit de votre plume un peu avant la phrase incriminée : « Pourquoi est-il dans le canal ? Quelqu'un l'y aurait-il traîné ? », hypothèse que vous écartez ensuite par le *Je crois que personne,* etc. Eh bien cette première hypothèse, c'est elle que j'ai retenue. Oui, quelqu'un a traîné le corps jusqu'au canal. Non que je puisse vous en apporter des preuves : que me répondriez-vous si je vous demandais les vôtres ? Je vous ai crue sur parole : le soldat épaule, tire, le garçon tombe face contre terre. Il faut, chère Madame, qu'à votre tour vous fassiez confiance à ce que j'ai vu ; d'abord, cela va de soi, par vos yeux : l'étang salé, les roseaux, les mouettes, ce va-et-vient du brouillard sans cesse déchiré et refermé, l'horizon laiteux soudain découvert et de nouveau invisible ; et puis ce que vous ne dites pas : le troisième homme aux aguets, pieds nus dans la vase, le partisan, noir de barbe qui repousse ; et ce geste, incroyable j'en conviens et pourtant je sais que vous allez me croire, ce geste, après avoir poussé le corps dans le canal, de prendre deux poissons dans le carrelet et de les fourrer dans sa poche. Comme si la longue attente dans les roseaux, et avant, le parcours, si dangereux, qu'il avait fait sur la rive en se cachant, et avant encore, les journées interminables dans la montagne, l'ennui, la peur — comme si tout cela avait tendu à ce but enfin atteint et qui aurait justifié tous les risques : voler deux poissons à un mort.

La plupart des compagnons d'Alberto sont retournés dès qu'ils ont pu à la vie civile. Lui, le voilà sous l'uniforme de l'armée régulière, en route pour l'Alsace. Les gens de Saint-Julien disent : une tête brûlée. Mais aussi : il en aurait fallu beaucoup des comme ça, un patriote, quoi. Et Alberto est tout cela et autre chose encore. C'est difficile à exprimer. Il semble que dès ce moment-là il ait poursuivi, d'abord de façon à demi consciente, puis de plus en plus délibérément, le rêve de revivre la scène de Maguelone. Mais le dispositif en était si particulier, les circonstances si peu susceptibles de se reproduire, même à la guerre (seule néanmoins à pouvoir lui assurer impunité et anonymat, et qu'il l'ait reconnu ou non en lui-même, c'était bien là l'une des raisons, outre l'espoir d'un hasard aussi criminel qu'extraordinaire, qui l'avait poussé à s'engager), il avait si peu de chances de rencontrer jamais l'équivalent même approximatif de la loge de roseaux sous le ciel, cachée et grandiose, où il avait attendu, pétrifié par la prudence, la curiosité et le désir, le foudroyant lever de rideau sur sa propre nature, qu'il lui fallait bien se résoudre désormais à la récapitulation chimérique et pernicieuse, au fil des nuits, des éléments du spectacle s'il voulait en retrouver l'éblouissement, fût-ce en un reflet dérisoire.

Le paradoxe est qu'Alberto n'aime ni l'armée ni la guerre. On le trouve changé quand il revient au pays. Ce n'est plus le jeune chien fou aux yeux avides, coureur de bals et amoureux de toutes les filles comme dans les temps présumés d'innocence. Il ne reste pas longtemps à Saint-Julien. Un garage l'embauche à la ville. Il y sera bientôt une espèce de patron, installé dans le lit de la veuve qui possède l'affaire. Et l'on ne parle plus d'Alberto à Saint-Julien. Il ne se montre à aucune des commémorations où l'on célèbre la Résistance, n'appartient à aucune association d'anciens combattants. Maria-Pia est seule avec Fernand, qui se loue comme ouvrier agricole en saison et comme manœuvre le reste de l'année.

— Celui-là il faisait ce qu'il voulait avec ses dix doigts. Tenez, c'est lui qui a refait votre génoise, là, elle était en train de dégringoler.

Saint-Julien, j'entends la partie ancienne du bourg, *notre* Saint-Julien, bouge doucement autour de nous. Quand nous sommes arrivés, c'était un village immobile, où il nous semblait que notre activité, si tranquille soit-elle, créait à l'excès bruit et déplacement d'air. Un jour les choses se sont inversées : nous étions comme chiens à l'attache amarrés à la butte derrière nous tandis qu'un lent mouvement de manège entraînait les maisons voisines, mettant successivement en évidence l'une, puis l'autre, modifiant chaque fois l'intérêt d'abord paresseux, puis plus attentif que nous leur portions. Si bien que sans le vouloir nous sommes entrés dans l'histoire de ces gens dont nous n'avions jamais entendu parler auparavant, qui ne nous étaient rien. Une histoire, dit Céline, qui n'a rien à faire avec nous! toujours ton imagination... À cause d'Alberto et de Fernand.

— Rien à faire avec *nous,* peut-être, encore que je demande à voir. Mais avec *moi,* si. À cause d'Alberto et de Fernand.

— Quoi, Alberto et Fernand?

Alberto et Fernand. Ce qui s'est passé entre eux. L'aîné a sodomisé le cadet. Ne prends pas cet air, ça existe, bien sûr, et il y avait chez Alberto ce côté sauvage, cette force des impulsions. L'autre, avant de devenir l'homme taciturne et mal rasé qui tient ses sous au fond de sa poche et fait les courses pour sa sœur, c'est un gentil garçon aux yeux doux un peu craintifs. Et zut à la fin, leur mère n'est-elle pas une idiote de seriner sans cesse à l'aîné qu'il faut qu'il veille sur son petit frère, qu'il protège son petit frère, qu'il fasse ceci et cela, *gna-gna-gna,* pour son petit frère, *fratellino,* avec cette voix geignarde des *mammas* italiennes, *il tuo fratellino* ad nauseam ! La coupable c'est elle, c'est comme si elle avait elle-même embroché ce malheureux gamin ! Céline, pour l'amour du Ciel, ne me regarde pas comme si tu ignorais tout de ces choses-là, je ne fais rien d'autre qu'un exercice de psychologie élémentaire... Et puis l'épisode était ancien, cela remontait à l'adolescence d'Alberto, son frère, lui, un enfant encore ; tant de choses se sont passées ensuite qui ont recouvert comme une marée nos... peccadilles de naguère. Pourquoi la mère d'Alberto lui préférait-elle son fils benjamin qui n'était ni aussi beau ni aussi intelligent, qui n'avait pour lui que sa différence, sa fragilité et ces éclats de gaieté qui le prenaient soudain, ces fous rires d'enfant... Peut-être est-ce précisément comme il riait ainsi, un jour, que l'irrésistible envie de lui faire mal s'est emparé de l'aîné — violenter ce rire. Ce qui ne signifie pas qu'il soit allé vraiment au bout de cette envie mauvaise d'ailleurs, il aura simplement... Je dirais : quelques allers-retours. Pas de quoi alarmer même la plus tendre des mères. Des jeux sans conséquence, entre frères, comme ça se pratique depuis que le monde est monde.

Et après, dit-elle, après? Oui, ce que tu vas m'expliquer après? Qu'une balle dans le dos de... que ça n'est rien, ça non plus, que ça se fait tous les jours? Elle dit encore... Enfin bon, inutile de discuter quand elle s'enferme dans la mauvaise foi, je n'ai jamais prétendu qu'un acte de masturbation banale et un meurtre c'était la même chose, et de toute façon, que je sache, Alberto n'a tué personne, pas de ses mains en tous les cas. Alors elle s'étonne: j'avais cru comprendre, dit-elle, que c'était lui qui avait tué le jeune pêcheur au carrelet de Maguelone? Et moi, très sottement — puisque je pouvais bien me douter qu'un jour ou l'autre elle lirait le livre que j'avais traduit et où il n'était nulle part question d'un Alberto quel qu'il soit —, moi de répondre que pas du tout, il n'avait fait qu'assister au meurtre, caché dans les roseaux, et tout en répondant ainsi je me demandais comment Céline avait eu connaissance de la scène, car je ne me souvenais pas de lui en avoir parlé. Et, bien entendu, dans la suite, quand elle a découvert le pot-aux-roses, il m'a été impossible de faire entrer dans son esprit que ma réponse n'avait pas été un mensonge destiné à écarter les soupçons que lui inspirait, disait-elle, mon intérêt pour Alberto ; et moins encore que ce n'était pas un mensonge, que mon imagination, qu'elle créditait si généreusement d'un excès morbide, ne m'avait pas trompé: les protagonistes de Maguelone avaient bien été trois, le pêcheur, le soldat et le partisan.

Nos querelles ne durent pas, elles s'effacent de notre conscience aussi vite que de nos écrans qui leur servent le plus souvent de support: chez nous ce sont les écrits qui s'envolent et les paroles qui restent, accompagnées qu'elles sont d'un regard, d'une expression des lèvres, qui font d'elles baume ou morsure selon les cas...

— Oh Sandro, mon cher petit, comme si tu n'étais pas capable d'imaginer le visage d'après le texte...

Nos voisins ont-ils compris le sens de mes questions, obsessionnelles paraît-il, sur leur fenestron : à quelle hauteur est-il du plancher de leur grenier, épaisseur des murs etc., ils m'informent aimablement de la vue plongeante qu'offre sur notre courette telle meurtrière subsistant dans les murailles ruinées du château au-dessus de nous. C'est fait pour ça, notez bien. Et notre voisin de quitter l'abri du néflier pour mettre à nu sa poitrine face au château ; et de mimer le choc d'une flèche fichée dans sa chair. Son amie prend un air qui me rappelle Céline ; on va bientôt jouer aux Indiens, murmure-t-elle. D'accord, mais si cela s'était produit réellement, une fois, il y a des siècles ? s'il y avait eu à cet endroit même où notre voisin a pris sa pose théâtrale (endroit qui n'est pas imaginable, car la maison telle que nous la connaissons n'existait pas alors) une cible humaine pour une flèche partie précisément de cette meurtrière placée à l'aplomb de notre cour ? (elle m'avait échappé, maintenant je ne vois plus qu'elle.) Notre voisin reboutonne sa chemise, se rassoit auprès de nous. Je le considère avec sympathie. Et après cela j'ai oublié jusqu'à l'existence du fenestron. Mais j'avais tort.

Nous nous promenons quelquefois sur la butte. Nous avons découvert derrière chez nous un accès direct aux ruines du château, par un escalier très étroit dont les marches de pierre se descellent, à demi dévorées par la végétation. Par endroits elles ont été recimentées grossièrement, mais le ciment se détache aujourd'hui avec la pierre. Nous grimpons précautionneusement, écartant les ronces. Une fois de plus, j'en suis certain, nous sommes sur les traces d'Alberto, je donnerais ma tête à couper que c'est lui qui avait consolidé les marches, idée que je garde pour moi, et plus encore le sentiment que j'ai de le suivre quasiment à l'odeur, comme un chien flairant l'entrejambe de son pantalon. Céline est devant moi, elle vacille sur une pierre que son pied a déplacé, je la recueille dans mes bras ; la pierre a heurté sa cheville. Mais ce n'est rien, déjà elle est repartie et j'ai peine à la rejoindre dans la pente raide sous la muraille qu'il faut contourner pour accéder à l'entrée du château. Pour la première fois je me demande: aurait-elle aimé Alberto? Question dépourvue de sens puisqu'Alberto appartient à un autre âge et que nous n'aurions pu connaître qu'un vieux Monsieur dans un hospice, à deux pas du cimetière. Mais ce n'est pas ainsi que je vois Alberto, je ne peux imaginer qu'un homme jeune, plein de force et de sève, avec des yeux de feu, ces yeux qui avaient séduit la veuve, sa patronne. Alors l'aurait-elle aimé? ma Céline, mon amour à moi, ma gazelle trébuchante? Je la regarde, elle franchit la poterne ; derrière elle, c'est-à-dire entre elle et moi, je vois Alberto, chemise ouverte sur le maillot de corps qui moule ses pectoraux. La sueur coule sur son front, s'amasse sur ses sourcils, il sourit légèrement, me semble-t-il, lèvre retroussée sur des dents éclatantes. Je ne crois nullement qu'il soit originaire du Piémont ou de Lombardie ; je parierais qu'ils venaient du sud, ces gens, et qu'Alberto était de ces hommes de la Méditerranée qui ne peuvent voir une femme en liberté sans la suivre, l'œil aux aguets, épiant une solitude qui leur est promesse de trouble plaisir.

Etait-il ainsi ? Il ne faut pas trop compter sur Monsieur Leleu pour les portraits. Autant il a la mémoire précise des faits et des propos, autant ses descriptions physiques sont sommaires. Encore est-il nécessaire de les solliciter. Céline elle-même le questionne : il était comment, cet Alberto ? que j'aie une idée du personnage avec lequel nous partageons la maison. Et Maria-Pia, votre postière ?

— Oh *ma* postière... Je vous l'ai dit, pas grande, rondelette. Ni jolie ni laide, c'était les frères qui avaient tout pris, Alberto surtout. Beau gars, l'Alberto. C'est ça qui l'a perdu probablement.

Monsieur Leleu l'affirme : les mauvaises fréquentations d'Alberto viennent de ce qu'il avait besoin d'argent pour ses aventures galantes. Et si je lui dis : vous ne simplifiez pas un peu, Monsieur Leleu ? il hausse les sourcils : quoi d'autre ? il était comme un coq en pâte dans son garage : le lit, la table, un costume pour parader en ville le dimanche. Une voiture. Eh oui, pour vous ça ne veut rien dire, mais ici à l'époque une voiture pour se promener, c'était du luxe, les gens quand ils en avaient, c'était pour leur travail, des camionnettes, de l'utilitaire, quoi. Alberto, c'était une quinze chevaux Citroën, rien que ça.

— Et où est-ce qu'il allait se promener avec sa Citroën, Alberto ?

— Ah ! là vous m'en demandez trop. Après il a eu une DS, dès que c'est sorti.

Il ne venait presque jamais à Saint-Julien. Que fait-il le dimanche, son unique jour de congé ? Ou le soir, quand le garage est fermé, qu'ils ont soupé et qu'il peut échapper un couple d'heures à la veuve dont on imagine les coups d'œil inquisiteurs, les lèvres serrées, les émois ? Non, il ne revêt pas son beau costume pour aller parader en ville, c'est même cela qui l'a rassurée au début. Il garde le pantalon de toile, la chemise à carreaux enfilés après le travail et la douche où il s'est débarrassé du cambouis de la journée, passe un blazer ou un pull. « Je vais faire un tour, ne m'attends pas pour aller te coucher. » — Ce qui la rassure aussi, c'est que lorsqu'il la rejoint au lit un peu plus tard, quelquefois très tard, il manque rarement de la réveiller, la femme un peu lourde, ouverte à ses étreintes, facile à satisfaire croit-il, comme on le croit toujours de ceux que l'on n'aime pas vraiment. D'où vient-il ? Elle perd l'habitude de se le demander, songe vaguement qu'il se dégourdit les jambes, prend un verre avec des copains de rencontre, car d'amis véritables il n'en a pas. Cela aussi convient à la veuve : pas d'amis qui viendraient le samedi soir, le dimanche, qui seraient des hommes de son âge à lui, qui la regarderaient avec mépris ou ironiquement, l'appelleraient entre eux « la vieille ». Non. Alberto est un solitaire. Elle ne connaît pas Maria-Pia et Fernand, ne se soucie pas de les connaître. Sa vie avec Alberto, elle la vit au jour le jour, à l'inverse de l'autre, l'officielle, la commerciale, conduite avec constance en fonction du prévisible.

Et Maria-Pia ? Maria-Pia travaille ses pleines journées. Quand elle a terminé à la poste, elle va à son jardin, au Rieutord, et elle jardine. Ensuite la maison (la nôtre), la cuisine, le linge, le repassage. Le dimanche, repos, à peine un coup de balai le matin. Et la messe ? Pas de messe depuis que la mère n'est plus là. C'est vrai, j'avais oublié, elle y allait avec sa mère, toutes les deux coiffées d'un chapeau. Et puis quand la maman a été enterrée, le curé ne les a plus revus, aucun des trois. Enfin sauf elle à un moment, je ne sais pas trop pourquoi, mais pas longtemps. À la Toussaint quand même Alberto réapparaissait et ils allaient mettre des fleurs sur la tombe de leurs parents. Ça se fait ici.

— Ici et ailleurs, Monsieur Leleu.

Et puis le coup de tonnerre. Les gendarmes viennent chercher Alberto au garage. Les gendarmes ou la police plutôt, en ville c'est la police. Manque de chance : il n'est pas là. Et où est-il ? « Il essaye une voiture. » Très bien, ils vont attendre alors. Mais Alberto ne revient pas. Le lendemain la veuve est convoquée au commissariat, on lui pose des questions auxquelles elle ne peut pas répondre. Comment, vous vivez avec cet homme depuis... combien ? six, sept ans ? et vous ne savez pas où il passe ses soirées, ses nuits ? À quelle heure revenait-il ? Vous regardiez l'heure, non ? Non. C'était avant son retour qu'elle regardait l'heure, quand elle se réveillait et qu'il n'était pas dans le lit. Bref, impossible de tirer quoi que ce soit de cette femme, d'abord effarée comme une innocente, puis incrédule, puis plus rien : elle retourne dans la cage vitrée qui lui sert de bureau au garage, exit la veuve.

Elle reprend les rênes de son prospère petit commerce, embauche un mécano marié et père de famille. On verra d'elle une photo en première page de *l'Écho du Midi,* prise de derrière les vitres justement et qui la montre nez dans ses factures, le cheveu impeccable et les ongles manucurés, pas de laisser-aller, rien qui suggérerait les abandons à la sensualité d'une femme mûrissante. Qui sait, me dis-je à part moi, qui sait si Alberto l'avait satisfaite, cette femme, qui sait si elle n'avait pas toujours été frustrée, avec lui comme avec les autres ? Il me semble l'entendre, en veine de confidence ou parce que brusquement ses rancœurs débordent, dire à quelque amie : pour le plaisir que ça m'a apporté ! Mais, lisant sous la plume péremptoire d'un journaliste que certainement Alberto n'aimait pas les femmes, elle hausse les épaules en posant ses lunettes sur la table : pas aimer les femmes, Alberto !

Oui, ma Céline (je m'adresse en fait à son arrière-train, car elle est enfoncée à mi-corps dans la meurtrière d'où elle essaye de voir notre cour « et les gens qui sont dedans, mon enfant, pendant que tu y es, est-ce qu'on sait »), oui, ce faune qui colle à tes pas pour ne pas dire à tes fesses, ce n'était pas une affaire finalement. Pourquoi les femmes imaginent-elles que le prolétaire, l'homme qui travaille de ses mains, est viril à tout coup, déclenché comme par un bouton-poussoir ? Qu'est-ce que ça veut dire qu'il l'ait suivie depuis la première marche d'escalier, à croire qu'il l'y attendait, jusqu'à cette meurtrière où il n'y a place pour deux qu'à condition de s'y encastrer l'un derrière l'autre ? Céline ! je sais bien que, si mince que tu sois, tu ne risques pas de passer au travers de la fente, mais si tu continues à t'y enfoncer, je vais être obligé de te tirer par les pieds pour te dégager. Ma Linotte... Oui, d'accord, jeu de mains, jeu de vilain, mais avoue que c'est tentant. Elle se retourne: on a dû se tromper de meurtrière, je ne vois pas du tout notre cour, rien, même pas celle des voisins, tu es sûr qu'on est là où ils disaient?

Quelque temps plus tard, des pierres tombées de la muraille ont obstrué l'accès à la meurtrière et je me suis demandé si ce n'était pas nous qui avions provoqué la chute par nos piétinements intempestifs. J'ai pensé qu'Alberto avait pu utiliser cette meurtrière ou une autre comme poste d'observation, atteint discrètement grâce à l'escalier. À quelle époque? Céline, qu'Alberto commence à intéresser, déclare: j'ai mon idée. Comme je m'étonne, ça ne peut être que quand il était au maquis et qu'il revenait clandestinement à Saint-Julien, elle répond : oui, mais pas seulement, je te dirai. Et on en reste là. D'ailleurs je ne suis plus très disponible, je traduis un gros essai de polémologie, cette fois de l'italien au français et pour un éditeur parisien, si bien que nous n'allons plus à Milan. Aldo, mon frère, et sa femme Paola y habitent depuis peu, ils sont revenus d'Amérique latine où ils ont passé plusieurs années ; ils prennent le relais auprès de mes parents. Voilà du moins ma formulation de la chose, qui n'a pas de rapport avec ce qui est réellement, mais paraît satisfaire tout le monde à commencer par les principaux intéressés, mon père et ma mère: grand bien leur fasse. Et comme j'ai une certaine façon de vivre le présent qui m'interdit d'imaginer un avenir où il ne se prolongerait pas tel quel, je rêve déjà de Milan comme si je ne devais jamais y retourner.

— Sandro, vous me disiez : même pas une heure d'avion...

Eh oui, Monsieur Leleu, mais comment ne voyez-vous pas cette ligne de démarcation, immatérielle il est vrai, qui tel un trait de feu s'est inscrite entre ma ville natale et moi ? Vous devriez être le premier à savoir que les frontières les plus infranchissables sont établies par les hommes, non par la nature. Il me regarde avec étonnement : pourquoi devrait-il savoir ? moi, dit-il, qui ne suis sorti du département que pour mon service militaire et mes trois premières années aux Postes. Je réponds : oh c'est à cause du mot *démarcation.* Et je reviens à mes pensées tandis qu'autour de moi se poursuit une conversation qui les accompagne de sa musique paisible. Donc, me dis-je, je ne reverrai pas la Porta Ticinese et le Naviglio. Est-ce qu'il y a toujours sur le quai cette trattoria dont j'ai oublié le nom et où on mangeait un délicieux riz au safran ? Comme c'est étrange, et comme c'est vrai ! que l'on ne jouit des choses que perdues... En fait je me fiche du riz au safran et de ces quais de la Ticinese, ça puait le fruit pourri les soirs de marché... Les gueules des revendeurs de drogue et de quelques voyous en prime. Sûrement que Céline se rappelle la nuit où on a été harcelés par deux types à trognes patibulaires qui voulaient la... Heureusement elle ne comprend pas ces mots-là en italien. Je me voyais déjà avec un couteau dans la poitrine. Et tout d'un coup : les carabiniers. Débarqués de nulle part, comme des extraterrestres. Les deux trognes se sont évanouies illico et on est rentrés à la maison à pied, serrés l'un contre l'autre, tranquilles, comme si la nuit de la ville avait été purgée de ses démons sans risque de retour. Au moins c'est quelque chose dont nous ne pouvons pas être dépossédés, cette nuit magnifique dans laquelle on avançait comme sur une mer dont on aurait embrassé d'un regard le côté pile et le côté face, jusqu'au fond des abîmes. Une mer déserte, la même que celle de mon rêve. Celle dont parlait mon auteur, *aussi lisse qu'un grand plat d'étain,* et d'où un jour la tête de Céline qui avait commis l'imprudence de s'y baigner a disparu, rappelle-toi, parce qu'elle était en quelque sorte inconvenante, parce que nos intrusions n'ont pas de sens dans ce monde-là. Dont je sens qu'ils vont me tirer très bientôt...

— Sandro *sandrissimo*...

...je quitte mon air bête, je reprends mon air intelligent, j'y suis tout à fait, si, si, tu te trompes, tu veux que je te répète la dernière phrase de Monsieur Leleu ? Il a dit : une treille, ça vit cent ans et plus. Vous voyez bien que j'écoute.

Ce n'est pas vrai évidemment, ni que j'écoute ni que j'ai entendu le père Leleu parler de la treille ; j'ai entendu quelque chose qui a trait à Maguelone, sa plage de nudistes, l'allée de pins qui relie la cathédrale à la mer, je ne sais plus, quelque chose en tous les cas qui a ôté de ma tête le souvenir de Milan ou plutôt l'a étiré, ce souvenir, jusqu'à ce qu'il atteigne, englobe dans sa nuit habitée de carabiniers et de trognes de voyous le portail au tympan duquel le Christ lève sa main bénissante et inutile. Le temps d'opérer ma petite acrobatie mentale, la conversation avait tourné, j'étais de nouveau en retard d'un sujet ou deux. C'est que, dis-je, je suis plus lent que vous autres, vous changez de propos toutes les trente secondes. Et en effet les voilà à commenter les travaux qu'un tel a réalisés dans sa maison, et telle décision de la municipalité quant à...

— *D'après,* annonce Monsieur Leleu, ils vont...

Mais je ne parviens pas à suivre. Je lutte comme un noyé qui tente en vain de revenir à la surface et qui cède finalement, descend dans les profondeurs mortelles où il rejoint les êtres des abysses. Domaine, dis-je tout haut, certainement réservé aux Dieux, c'est pour cela qu'ils t'ont rejetée sur la plage, ma petite Céline, et que... Je m'arrête, consterné (je crois même que j'ai mis ma main devant ma bouche comme un gosse), conscient que ce que je viens de dire ne peut avoir de rapport avec ce dont ils s'entretiennent, mais apparemment ils ne m'ont pas entendu. Avec un soupir de soulagement je reprends pied dans la politique locale et les décisions, contestables, de notre maire. Je regarde Céline, le père Leleu, nos deux voisins : ce sont les tiens, me dis-je à moi-même. Ce qui ressemble à une remarque de mon père autrefois : la vie, c'est ce que tu es en train de vivre, un jour que j'étais absorbé dans ce qu'il appelait mes « rêvasseries », du mot français toujours, prétendant qu'il n'y a pas d'équivalent italien, mais c'est plutôt qu'au fond, pour lui, je suis *il Francese,* quelqu'un qu'il ne comprend pas, et le plus simple est de mettre au débit de mon étrangeté supposée ses propres impuissances.

C'est peut-être ce soir-là, sous le néflier, au sein de ma petite famille d'adoption, béatement bercé par l'insignifiance de leurs propos, que j'ai décidé de me passer du cahier d'Alberto, persuadé qu'on ne remettrait jamais la main dessus et que tout ce que je pourrais en savoir, il faudrait le tirer de l'ancien receveur des Postes, seul sans doute avec Maria-Pia à l'avoir lu. N'est-ce pas, Monsieur Leleu ? À moins que vous n'ayez pu vous défendre de confier le cahier à *quelqu'un plus* (comme disent les Saint-Juliennais) tant il vous était nécessaire de partager cette lecture et les perspectives qu'elle ouvrait sur le contenu de l'âme humaine ; car, cher Monsieur Leleu, je ne me laisserai pas prendre à vos airs d'innocence (Céline a raison de dire qu'il y a toujours chez les vieux messieurs quel-que chose du diable fait ermite) : vous saviez très bien qu'Alberto n'était pas le vulgaire petit truand décrit par la presse et que vous décrivez vous-même d'après elle, faute peut-être d'avoir les mots pour dire autre chose ; cette autre chose que vous avez pressentie à travers les maladresses du récit d'Alberto et qui vous a fait peur, et que, le temps passant, vous avez écartée de votre esprit au point d'oublier ce qu'elle vous avait soufflé au visage. Non, vous n'avez communiqué le cahier à personne. Je parierais même que nous sommes les premiers à qui vous en avez parlé : les années s'étaient écoulées et puis nous étions dans cette maison et surtout il y avait cette femme, ma femme, qui réveillait chez vous l'envie d'exister aux yeux de quelqu'un. Monsieur Leleu ? vous m'écoutez ? Ne faites pas semblant de vous intéresser à une treille ou un arrêté municipal, nous sommes entre hommes, bon sang ! Oh je ne veux pas dire que vous lui avez fait du gringue, non. Simplement que ce qui était cendre et émotion morte a repris forme vivante en vous. Alors le souvenir d'Alberto s'est fiché dans votre mémoire, telle la flèche imaginaire que nous attendions, le voisin et moi, nez levé vers les ruines du château. Ne vous fiez pas à mes prétendues distractions, j'ai vu dès le début ce frémissement qui vous agitait et j'ai compris qu'au bout de la ligne il y avait un grand poisson des profondeurs, une de ces proies électriques qu'il faut rejeter aussitôt si l'on veut rester indemne.

Il est veuf, le père Leleu. Sa femme était-elle encore là quand il a découvert dans le sous-sol du bureau de poste le cahier que Maria-Pia y avait caché, probablement par crainte d'une descente des gendarmes *alla casa ?* Impossible de lui poser la question, dont les implications plongeraient dans son intimité conjugale. Force est de s'en tenir aux hypothèses. Dans l'une : il est veuf et regagne le soir sa maison (de chez nous je vois la porte du cellier, la fenêtre de sa chambre), chargé solitairement du secret d'Alberto. Dans l'autre : il ne l'est pas et ce secret est plus lourd encore de ne pouvoir être dit à la femme qui a partagé tout le reste (partagé *tout* le reste ? Sandro, *caro mio,* une fois de plus, méfie-toi, mon petit, de ta propension à revêtir le vieil homme de la robe candide des anges). Dans les deux cas, il n'aura pas emporté le cahier chez lui de peur que Maria-Pia n'en vérifie la présence dans le carton d'annuaires périmés où elle l'a enfoui et où il le remet après lecture ; lecture à la sauvette, qu'il masque derrière l'habitude qu'il a toujours eue de rester dans son bureau bien après le départ des autres ; hachée de regards vers la porte dûment fermée, mais qui sait ? lecture coupable, car enfin ne la justifierait que ce que, fort heureusement, il ne fera pas : adresser le cahier à la police. Je n'ai pas pu, dit-il. Et il écarte les bras en signe d'impuissance. Il avait honte. De toute façon ça ne servait à rien, ils n'ont jamais retrouvé Alberto. Lui, le père Leleu, il aurait un peu plus cuisiné la veuve parce que cette histoire de voiture qu'il essaye et puis il se sauve avec... S'il essayait une voiture, pourquoi n'est-il pas rentré tranquillement au garage pour tomber dans les bras de la police ? C'est que quelqu'un l'a prévenu, et qui pouvait envoyer quelqu'un sinon la veuve? Non, croyez-moi, pas si innocente que ça, la dame. Elle en savait long, sûrement, sur Alberto. Il rentrait au milieu de la nuit, paraît-il : votre amie à vous, elle ne vous demande rien si vous revenez à la maison à trois heures du matin ? Non, tout ça...

— Tout ça, c'est du pipeau, vous voulez dire ?

Peut-être bien qu'il est dans le vrai, l'ancien receveur — lecteur de romans policiers quand il ne parvient pas à trouver le sommeil — et que nous avons été roulés dans la farine par la veuve. Il y aura eu au moins une nuit où Alberto s'est allongé dans le lit sans toucher à la femme qu'il croit endormie à ses côtés. Il contracte silencieusement ses muscles, s'étire dans un effort prolongé jusqu'à être douloureux, puis renverse la tête sur le traversin, soupire, abandonné à une plénitude de satisfaction, corps pesant et immatériel à la fois, tournoyant avec lenteur, porté par des ténèbres denses comme de l'eau. La victime est tombée sur la berge, ils l'ont poussée du pied pour la faire basculer dans la rivière ; déjà la scène s'éloigne à la vitesse d'une étoile filante, mais elle emplit encore toute la chambre qu'elle élargit à la dimension de l'univers. Alberto n'a pas touché au corps, c'est son compagnon qui a planté le couteau et l'a retiré. Il ne sait pas de quel meurtre il a été complice, qui était la victime. Cela il l'apprendra beaucoup plus tard, quand Maria-Pia osera lui envoyer des lettres et coupures de journaux, par des voies détournées, jusqu'à Cosenza en Calabre où il a trouvé refuge. Quant à l'homme qui a tué (avec une précision admirable, d'un seul coup de couteau, enfoncé si profondément dans la chair qu'il a dû pour l'ôter lui donner un mouvement de torsion), cet homme, il le connaît à peine : une rencontre de bistrot mal famé, une proposition à demi-mot qui a allumé une lueur dans le regard d'Alberto.

La femme ne dort pas. Elle respire doucement, dos tourné. Elle écoute. Ne bouge pas, mon amour. *Dio mio,* ne bouge pas... Mon amour, mon amour, mon amour. Et ainsi pendant de longues, longues minutes, cette voix dans le noir de la chambre comme un gémissement infini. Mon amour, mon amour... Elle se garde de remuer, yeux élargis : qui est cet homme qu'elle accueille dans son lit, lourd et immobile comme de la pierre et prononçant distinctement des mots étranges qui ne s'adressent pas à elle ? *Dio mio,* ne bouge pas, ne bouge pas, mon amour. Litanie qui meurt peu à peu dans un chuchotement léger comme une brise, mais audible encore et jusqu'au bout.

Il a fallu à la police plusieurs semaines pour remonter de la victime aux coupables. Le tueur d'abord, qui ne leur était pas inconnu et dont ils ont annoncé l'arrestation. Après avoir lu le journal, Alberto a dit sans autre explication : il me dénoncera. La veuve ne pose pas de question. Oui, sans aucun doute c'est elle qui a envoyé au-devant d'Alberto le vieil ouvrier avec lequel il travaillait pour le prévenir de ne pas rentrer au garage. Les policiers sont mal informés, ils ne savent pas qu'il y a un autre mécanicien avec Alberto. Quand ils reviennent l'ayant appris, le vieil homme déclare qu'il a été occupé au fond du garage tout le temps qu'ils ont *causé* avec la patronne. Où ? montrez-nous. Parce que c'est vite fait, un signe, un mot, avant même qu'on soit entrés, dès qu'elle nous aura vus sur le trottoir. L'ouvrier montre, c'est là, il n'a pas quitté son travail, une 203, il avait la tête sous le capot. Les policiers ne le croient pas, mais que faire ? Alberto, on ne le reverra jamais. Il sera condamné par contumace.

Céline donne son avis quelquefois. Je sors un instant pour une course, une promenade, et à mon retour je trouve au milieu de mon travail une remarque de son cru. *Amore,* je suis sûre que ton Alberto n'est pas resté dans cette ville de Calabre que tu dis. Ou (exprès pour me faire frémir) : cet Alberto n'est pas mort à Novara, tu veux parier ? Il est mort ici, dans cette maison, *je le sens.* Mais quand elle dit je le sens, cela signifie qu'elle ne sent rien du tout, que c'est pour rire. Je hausse les épaules : et l'hospice de Novara, et la tombe au cimetière ? Je me remets à mon travail. Plus tard elle revient à la charge : tous ces vieux se ressemblent, ils auront enterré Chose-Machin pour Machin-Chose, Roberto pour Alberto, ou encore il n'y a personne dans la tombe ; est-ce que je ne t'avais pas proposé une expédition nocturne pour nous en assurer? rappelle-toi. Ma Linotte, pour débrouiller l'écheveau de tes suggestions, contradictions et mente-ries, il faudrait le démêloir des fées... Mais tu ne me troubleras pas : Alberto est mort à Novara, je peux te l'affirmer. J'ai vingt fois enjambé le corps de Maria-Pia dans l'escalier, le sien jamais.

— Parce que Fernand et elle l'ont emmuré dans le cellier.

Alors là... là, elle fait très fort, je dois reconnaître... Bon, d'accord, ces choses-là arrivent, on l'a vu. Mais quand même. Oui, je dois dire, là elle m'éberlue. Elle a l'air sérieux. Je la regarde, j'essaie d'attraper une ironie dans ses yeux, Céline, tu te fiches de moi? Pas le moins du monde. Elle me prend par la main, nous descendons au cellier. D'emblée je soupire, c'est trop grand et puis nous n'avons pas les moyens techniques, comment sonder les murs, le sol. Elle ne m'écoute pas, elle disparaît derrière nos voitures, j'entends un toc-toc, elle s'est emparé d'un bâton, elle donne des petits coups sur le crépi, je commence à me dire que ça pourrait bien se mettre à sonner le creux et alors quel ennui! Céline? je t'avertis, quoi que tu trouves, il n'est pas question qu'on perce le mur; Alberto dormira son dernier sommeil en paix, même s'il n'est séparé de nous que par l'épaisseur de quelques briques. Elle ne répond pas; le toc-toc s'éloigne dans les profondeurs obscures du cellier, là où il devient labyrinthique et où nous ne mettons jamais les pieds. Car notre cellier s'enfonce sous la roche, Monsieur Leleu me l'a expliqué ; sous la courette d'abord, laquelle est d'une certaine façon en terrasse, puis au cœur de la colline. Quand nous avons acheté la maison, nous n'avons visité que la partie utilisable, celle qui nous sert de garage et de débarras. L'agent immobilier a eu un geste vague vers le noir : là il y a une galerie... Naturellement il n'avait aucune idée de ce qui s'y trouvait, peut-être quelques rats, a-t-il dit. Céline réapparaît. Elle est munie d'une lampe électrique prise dans l'une des voitures et qu'elle braque désagréablement sur moi. Ça ne pourrait pas être là, annonce-t-elle, c'est du rocher partout. J'avais les rats dans la tête, j'ai murmuré : ils l'ont peut-être tiré là-dedans, Fernand et elle, et puis ils ont attendu que...

Céline, le visage grave, fait part de nos soupçons à Monsieur Leleu qui reste interloqué.

— Vous plaisantez ? dit-il enfin.

Pourquoi ? On ne prétend pas qu'elle a tué Alberto, mais que celui-ci est revenu de Calabre, qu'elle l'a caché, qu'au bout d'un certain temps il est mort et qu'est-ce qu'ils pouvaient faire d'autre que se débarrasser du cadavre ? Voilà. Nous nous regardons Céline et moi avec une certaine satisfaction. Mais l'ancien receveur secoue la tête. Non, non, dit-il. Non. Alberto n'est pas mort dans la maison, ça ne s'est pas passé comme ça. Vous vous rappelez ce que je vous ai dit ? que Maria-Pia avait caché le cahier par crainte d'une perquisition ? Peut-être *perquisition* n'est pas ce qu'il faut dire, parce qu'en fait elle avait peur que les gendarmes viennent voir si Alberto était revenu. Secrètement. Et il était revenu, là vous avez vu juste, je ne sais pas s'il avait le mal du pays, après tout son pays c'était ici, ou s'il a eu peur d'être dénoncé là-bas et ramené en France pour être jugé, toujours est-il qu'il a pris le risque. Les gendarmes ont fouillé la maison plusieurs fois : rien, pas trace d'Alberto ; les affaires de Fernand, bien propres, bien rangées, et puis celles de Maria-Pia évidemment. Deux assiettes dans l'évier, deux verres. Finalement ils se sont fatigués, le brigadier a changé, le nouveau ne connaissait pas l'affaire... Tout ça fait que pendant longtemps, très longtemps, Alberto a été tranquille. Enfin à condition de ne pas mettre le nez dehors, bien sûr. Mais un prisonnier, ça ne sort pas non plus de sa prison.

— Alors il n'est pas sorti, jamais ?

— Ah, pas sorti...

Il nous laisse sur ces points de suspension. Mais nous le savons insomniaque, notre père Leleu ; à votre âge on dort d'un seul sommeil, nous dit-il, tandis qu'au mien... et puis j'ai toujours été un petit dormeur, même jeune. Il s'éveille au milieu de la nuit, il tourne et retourne dans son lit solitaire, se lève, va à la cuisine boire un verre d'eau, revient dans la chambre où en été il laisse la fenêtre grande ouverte pour accueillir la fraîcheur nocturne. La fontaine bruit sous les platanes si doucement qu'il faut tendre l'oreille — aujourd'hui pas une goutte d'eau, le mufle vaguement léonin qui sert de pomme est muet. Le receveur soupire au-dessus de la place déserte, il a devant lui de longues heures encore avant l'animation matinale. Il va pour se re-coucher quand il entend un très léger bruit de pas, comme d'une personne chaussée d'espadrilles. Il se penche ; un homme longe la maison d'en face avec une furtivité de chat, prend à sa droite la ruelle qui monte vers le château et disparaît en un clin d'œil. D'où sort-il ? et qui est-il ? Soudain Monsieur Leleu comprend : c'est Alberto. Alberto est là, se dit-il avec stupeur. Je revois le geste d'impuissance qu'il avait eu quand il nous avait dit à propos du cahier : je n'ai pas pu. Une onde de sympathie me traverse : cher Monsieur Leleu... Là non plus il n'a pas pu aller trouver les gendarmes qui se seraient fait une joie de cueillir Alberto chez l'Italienne... Alors, dans les jours qui suivent, qu'est-ce qu'il pense, le receveur, quand il voit le brigadier entrer dans le bureau de poste, képi sur la tête, chargé du courrier officiel qu'il pousse vers Maria-Pia impassible derrière son guichet ? Résiste-t-il à l'envie de lancer à celle-ci un coup d'œil complice qui ne pourrait d'ailleurs que l'effrayer ? Y songe-t-il seulement ? Non, même pas. Il y a les journées à la poste, le travail partagé, les propos ordinaires entre collègues qui se connaissent depuis des années : les rails d'une routine que rien ne dérange jamais. Et puis les nuits, la place et le bruissement de la fontaine, Alberto le long de la maison d'en face, silencieux sur ses chaussons de toile, vif et prudent comme un chat de gouttière. Le père Leleu — mais pourquoi l'appeler ainsi, c'est un homme jeune encore, même si derrière lui le lit conjugal est déjà vide — Monsieur Leleu, donc, guette, immobile dans l'ombre de sa fenêtre, et ne peut s'empêcher à cause justement de ce quelque chose de félin chez Alberto — un matou, gronde-t-il en lui-même — d'imaginer quelque femme qu'il irait rejoindre sur la colline, sous les pins ou dans les ruines du château, et qu'il prendrait dans ses bras sous les étoiles.

Maïs il n'y a pas de femme. Alberto avance dans la féerie nocturne comme autrefois, au temps des partisans, quand on se déplaçait la nuit dans les montagnes, d'un mas à l'autre, munis de pétoires qui auraient été comme des pistolets de théâtre contre une patrouille ennemie. Ou peut-être lui reviennent certaines nuits allemandes un peu plus tard, quand il était soldat, entré en vainqueur sur ces terres inconnues du nord et équipé d'armes autrement efficaces. Le silence des villages. Et la reprise des combats au petit matin, quelquefois rue à rue dans les bourgs, avec des tireurs embusqués qu'on déloge, des maisons dont on fracasse les portes et où, une fois, il a eu juste le temps d'abattre un grand chien qui lui sautait follement à la gorge. Oui, la folie de cette époque. Elle a continué, en un sens, après, dans sa vie, mais jamais il ne l'a aimée, ni elle ni certaines images qu'elle lui a laissées. Regard élargi de terreur de l'homme qu'on fait sortir de sa cachette à la pointe du fusil, flammes embrasant une charpente de ses tourbillons furieux dans des crépitements où il croit entendre des cris suppliciés... Partout la peur, l'étonnement hagard d'un peuple. Il aurait pu rester sous l'uniforme, s'engager pour l'Indochine, mais cela ne lui convenait pas. Il n'était pas chez lui dans les violences de la guerre ; ou plutôt c'était un ailleurs de la violence qu'il y avait cherché, sans le trouver.

Aucune femme ne l'attend dans le château ou sous les pins. Non qu'il n'en ait pas envie ! Mais de quelle femme, à l'exception de sa sœur, pourrait-il être assez sûr pour lui confier sa liberté et peut-être sa vie ? Il a pris d'autres habitudes (ou renoué avec d'anciennes pratiques) auxquelles se prête Fernand, le soumis, le presque muet. Maria-Pia ne dit rien. Elle pince les lèvres, elle désapprouve, mais se tait. Alberto ira en enfer. S'il osait lever le regard sur sa sœur dans certaines circonstances où elle ne peut faire comme si elle ne savait pas, ne voyait rien, il lirait cela dans ses yeux sombres. Maria-Pia ne va plus à la messe, mais elle croit à la damnation. Elle tient à son frère par toutes les fibres de son cœur et son désespoir est qu'il sera damné, elle en est convaincue, s'il ne s'amende, et il ne s'amendera pas, car lui ne croit ni à Dieu ni à diable ou s'il y croit, ce n'est pas de cette manière-là. Une seule fois il a bravé le silence de sa sœur, il a dit : je ne fais pas de mal à Fernandino, il n'aura jamais de femme de toute façon.

Le froid vient, plus de sortie nocturne. Le matou reste au coin du feu, marmonne le receveur. Et puis de nouveau les beaux jours, un printemps radieux : pas d'Alberto, la place à la fontaine traverse les nuits dans une paix souveraine qui baigne les volets clos. Il aurait filé ? Rien sur le visage de Maria-Pia à la poste, elle vaque sereinement à ses tâches habituelles. Mais elle était tellement cachottière ! dit-il. Elle et Fernand ont charrié dans la maison un sac de ciment, du sable. De nuit et dans le plus grand silence possible les deux frères ont remaçonné l'escalier que Céline et moi avons découvert derrière la maison. Voilà où passait votre matou, Monsieur Leleu, c'était beaucoup plus discret que par la place ; il grimpait les marches, longeait le pied des murailles, il était libre. Il pouvait même, à condition de contourner le moulin de Figuières encore habité à cette époque-là, traverser à gué le Rieutord et gagner dans la montagne proche cet oustalet qui avait été un poste avancé des partisans. Deux à trois heures de marche, la plupart du temps sous le couvert des chênes, un chemin que j'ai parcouru avant même de savoir qui était Alberto et où déjà...

— Où déjà ?

Je te le dirai, mais attends. Me voilà à suivre le reclus qui marche devant moi à toute allure, nous laissons à notre gauche la masse sombre du moulin dont les habitants dorment sans un souffle ; pas un aboiement de chien, pas un bruit sinon celui de la rivière, Alberto saute de pierre en pierre en habitué du gué et tant bien que mal j'en fais autant derrière lui, rêvant une seconde de m'arrêter, de m'asseoir au pied des murs de Figuières, et me demandant où j'ai vu, lu ? que les *bouyres* descendus de la montagne y passaient avec leurs marchandises ; mais ces *bouyres,* qui étaient-ils exactement ? je ne me rappelle pas trop, des espèces de colporteurs qui franchissaient les crêtes et — c'est le père Leleu sûrement qui me l'a dit — jetaient au Pas de la Pierre percée, par superstition, un caillou à travers le trou naturel pratiqué dans la roche. Au retour, me dis-je, quand je serai débarrassé de ce démon d'Alberto qui court à se rompre le cou dans l'obscurité, je me blottirai quelque part sur la rive, face au moulin, pour me remémorer à loisir toutes ces choses. Pour l'instant, à la façon des rats de la légende derrière leur joueur de flûte, comme lié par un sortilège, j'emboîte le pas au fou devant moi, le dératé, entêté de son oustalet qu'il lui faut atteindre avant le lever du jour et où il va se terrer au milieu des lapins de garenne et des renards. Nous grimpons à travers chênes verts et buis, traversons la charbonnière à la vitesse de l'éclair ; au-dessus de nous le rocher en forme de tête de chien ; nous sommes à l'entrée de la capitelle. Alberto se courbe sous le linteau monolithe pour franchir le seuil. Il est chez lui. Et moi j'ai perdu en route le fil de mon propos en même temps que l'image de la masse silencieuse de Figuières, où je crois me souvenir que le père de notre Monsieur Leleu apportait ses olives à moudre dans une carriole tirée par un cheval. Sans cette course haletante et imbécile, je l'aurais vu arriver sur le grand chemin qui relie Figuières à la route de Saint-Julien, tranquille, un peu plus lent et lourd peut-être que son fils, mais les mêmes yeux clairs sous la visière de la casquette, même plissement des lèvres, le même homme somme toute.

Au lieu de revenir sur mon « où déjà » (*où déjà j'avais rencontré Alberto sans le connaître,* plus exactement senti sa présence) que Céline a oublié et que je laisse en suspens, je lui parle de ces *bouyres,* mentionnés, me semble-t-il, dans le livre que j'ai traduit pour Milan, avec peut-être le père de Monsieur Leleu et sa charretée d'olives. Elle me reprend, voyons, c'est impossible, comment veux-tu que Monsieur Leleu, ou son père c'est la même chose, soit dans ce livre ? Eh bien je me suis trompé, cela arrive à tout le monde, il n'y a vraiment pas de quoi me faire cette tête-là ! Elle se tait, elle paraît mécontente. Elle est de plus en plus sujette à des sautes d'humeur, quelquefois il me semble qu'on m'a changé ma femme.

Si elle avait lu le livre, elle ne serait pas étonnée qu'on puisse y rencontrer le père Leleu, enfin disons plutôt Monsieur Leleu fils, à l'époque qui serait celle du moulin à huile, une époque assez ancienne pour que son statut relève largement de l'imaginaire : et alors pourquoi pas celui de mon auteur ? D'autant que c'est tellement plausible ! Monsieur Leleu a sa place toute naturelle dans un livre où *l'ancienneté* est si souvent évoquée, avec le moulin de Figuières — lui ou quelque autre —, les *colles* de vendangeurs, les charbonnières et les capitelles où s'abritent les bergers. Si tu l'avais lu, ma petite Céline, tu aurais donné leur cadre non seulement aux rêveries sandrissimes de ton compagnon (ce qui nous aurait procuré le plaisir de folâtrer de concert dans des lieux où nous ne mettrons jamais les pieds pour une raison rédhibitoire qui est qu'ils n'existent plus) mais encore à la clandestinité des partisans, ce qui est de l'Histoire, et à celle d'Alberto, du proscrit Alberto, laquelle pourrait bien s'y glisser elle aussi par la magie du mot *proscrit* qui y a ses références prestigieuses. Deux fois proscrit, Alberto. Oh je sais, la deuxième fois pour des raisons moins nobles que la première, encore que soient souvent prosaïques celles qui ont poussé les jeunes gens vers maquis et montagnes. Mais le mot *proscrit* va bien au personnage tel que je l'imagine, oiseau de nuit volant vers les bois dès que les ont désertés les chasseurs. Le ciel nocturne, les caches, si discrètes qu'elles ne gardent pas trace d'une présence qui aura à peine foulé les herbes ou écrasé les feuilles mortes, les chemins parcourus sans bruit, les pierriers gravis sans que roule un caillou, le silence même à la maison, l'habitude d'être seul. L'histoire s'est arrêtée aussi radicalement qu'elle s'arrête pour l'homme qui, comme on dit, *purge* une peine de prison. Sauf que la peine ne sera jamais purgée, que l'histoire s'est arrêtée pour toujours à ce moment de la vie d'Alberto où, au risque de se casser le cou, il s'est laissé glisser le long de la roche jusqu'à la courette au néflier et où Maria-Pia a vu son visage noir de barbe et, lui a-t-il semblé, extraordinairement amaigri, s'encadrer dans la fenêtre de la cuisine. À partir de là la vie d'Alberto ne connaîtra plus que des accidents : fuite d'animal traqué quand les gendarmes rendent visite à sa sœur, frayeur quand il croit que tel voisin a décelé sa présence, sur un fond d'infini monotonie, d'abrutissante paresse. La peur peu à peu s'atténue, les gendarmes viennent de moins en moins, puis plus du tout, Alberto au fil des ans perd l'habitude de courir la montagne, prend celle de s'asseoir à la nuit tombée sous le néflier, un œil sur le fenestron ; puis il se rassure, devient négligent, sort dans la courette en plein jour, s'assoupit le soir avec des ronflements qui traversent les murs et mettent Maria-Pia en colère ; elle se fâche à voix basse, le secoue, Fernand les regarde, toujours muet. Drôle d'existence pour un homme à qui le hasard avait un jour donné le Ciel, je veux dire... Oui, qu'est-ce qu'il veut dire, Sandro le sandrissime, qu'est-ce que ce Ciel, avec un C majuscule, qui aurait été donné, donné et ôté, à un Alberto de vingt ans descendu de son maquis, même si l'on prend en considération la proximité du Christ de Maguelone, dont la main levée peut d'ailleurs signifier aussi bien interdiction que bénédiction ?

— Sandro, vous vous endormez, je vous laisse.

Peut-être serai-je réveillé par le chuchotement grondeur de Maria-Pia, la sœur magnanime à laquelle l'autre jour, en cachette de Céline, j'ai porté un bouquet de fleurs des champs. Ce Sandro, comment le comprendre ? Il a à ses côtés une femme belle et gracieuse, intelligente, qui l'aime, et il lui est infidèle avec un pruneau, qui n'a pour elle que des yeux brûlants, ah ses yeux, oui, c'est à lui pardonner tout le reste, les jambes trop courtes et les vilaines mains pataudes... Et encore, même ses mains, quelle ingratitude de les humilier, elles par qui la maisonnée perdure, grâce auxquelles le linge est propre, le carrelage lavé, la nourriture préparée !

— Sandro...

Céline s'impatiente, elle a envie d'aller au lit ; je l'appelle doucement, les yeux clos, Céline, ma Linotte, tant pis pour le fenestron, les voisins et *tutti quanti,* je tends les bras, elle s'assied sur moi à califourchon, j'entre dans un bonheur immédiat et tôt parcouru. Et puis, murmurant des actions de grâces, j'ouvre les yeux : je suis seul sous le néflier, la fenêtre de notre chambre est éclairée à l'étage, Céline se penche pour tirer le volet. *Caro mio,* viens-tu ? je meurs de sommeil. Alors je me lève, embarrassé, je crie d'une voix un peu trop forte que j'arrive tout de suite. Ce serait désagréable si ces visions de femme morte dans l'escalier que j'ai eues un temps et entretenues avec quelque complaisance revenaient inopinément. Je mets le pied craintivement sur la première marche. Pas de Maria-Pia. Mais sur le palier, en haut, elle est là, bien vivante, petite femme aux allures de servante que je domine de toute ma taille avec une espèce de culpabilité. Maria-Pia, mon enfant, est-ce une bonne idée d'être là? Ce n'était déjà pas bien d'encombrer l'escalier de ton corps à moitié nu, mais ce n'est pas mieux, au moment où je me dispose à rejoindre ma femme. Il me vient à l'esprit que si elle était méchante ou ironique, elle dirigerait son regard vers... Bon, dis-moi ce que je peux faire pour toi. Tu es venue demander quelque chose, vas-y, parle.

Mais elle ne répond pas. Elle n'a pas besoin de parler, je sais ce qu'elle veut. J'entre dans la salle de bain que nous avons fait aménager dans le grand débarras où elle gardait ses provisions, et tout en me déshabillant face à la glace du lavabo je bougonne en moi-même. Maria-Pia! Je n'ai aucune compétence dans le domaine en question, il faudrait un homme de loi, et encore : qui pourrait évaluer sans trop de risque d'erreur les chances d'Alberto devant la justice? Le piège s'est refermé sur lui, il n'aurait jamais dû revenir. Il aurait refait sa vie à Cosenza, c'est ça qu'il fallait faire.

—Ah oui, refait sa vie...

C'est comme si je l'entendais. Elle n'en dit pas plus. Elle a la logique pour elle: ce qu'il a gâché une fois, comment ne le gâcherait-il pas une seconde fois et ainsi de suite jusqu'à la fin? Si je pouvais l'interroger, si elle n'était pas une ombre derrière moi, à peine visible dans la glace où s'étale mon visage éclairé à blanc par le néon... Elle me dirait la très vraisemblable vérité qui est qu'Alberto n'est pas resté à Cosenza. Il n'est pas rentré tout de suite en France parce que c'était trop dangereux, il est remonté vers la plaine du Pô et il s'est embauché ici et là comme ouvrier agricole dans l'un ou l'autre de ces désolants villages à bâtisses plates au milieu des rizières et des canaux d'irrigation. Je me rappelle ce que me disait mon père, qu'on n'était pas très regardant en ce temps-là quant aux papiers des gens qu'on faisait travailler, surtout, disait-il, si tu jouais les *cattolicone,* les culs-bénits, ça rassurait les patrons. Seulement voilà, ce n'était pas dans les idées d'Alberto, il était extrêmement têtu. C'est ce qui donne à Maria-Pia, dont je continue à distinguer le visage, petite tache blême derrière mon épaule, son air de tristesse résignée. Têtu dans ses idées et aussi (est-ce qu'elle l'a compris, elle qui a lu le cahier ?) à jamais blessé par l'aile de l'archange passée au-dessus de lui dans la laiteuse grisaille des étangs de Maguelone. C'est elle (je dis tout haut : n'est-ce pas, Maria-Pia ? à la tache blême qui va s'amenuisant) c'est elle qui l'a pressé de revenir : il ne fallait pas qu'il reste en liberté. Dès que les gendarmes se sont faits moins soupçonneux, elle lui a écrit lettre sur lettre, portées en ville par Fernand et adressées à une cousine de Novara, pour qu'il rentre à la maison.

La tache blême a disparu. Je m'assieds sur le rebord de la baignoire pour réfléchir. Comment était-ce, ce débarras ? Des rayonnages, un garde-manger, des casiers à bouteilles. Il y a beaucoup de place (notre salle de bain est très spacieuse). Est-ce là qu'elle l'a trouvé, étendu de tout son long, inconscient, les yeux sans regard ? La salive lui sortait de la bouche. Puis il s'est mis à geindre. Ensuite ç'a été une litanie de mots incohérents qu'elle ne comprenait pas. Peu à peu la raison lui est revenue. Il a demandé à manger, il avait très faim. Elle lui a fait une omelette ; elle n'osait pas poser de question. Lui ne disait rien, il ne paraissait pas se souvenir. La nuit elle a entendu Fernand crier, un cri de douleur, et elle s'est retournée dans son lit avec un grondement de colère. Mais qu'y pouvait-elle ? Est-ce qu'une femme se mêle de ces choses, et leur sœur en plus ? *Je ne fais pas de mal à Fernandino,* maugrée-t-elle, le nez dans ses draps, tu parles comme tu ne fais pas de mal à Fernandino, la preuve !

Le dimanche suivant elle a sorti de l'armoire son vieux chapeau, l'a mis sur sa tête et est allée à la messe. Elle n'était ni plus ni moins *cattolicone* qu'avant : c'était par défi. Et elle a continué à s'y rendre ensuite, sans participer à aucune des activités de la paroisse, sans communier ni aller jamais à confesse ; simplement le chapeau sur la tête et la messe, au fond de l'église, l'air résolu. Pour expier les péchés d'Alberto ? Plutôt pour marquer sa désapprobation. Un beau dimanche on a cessé de la voir, disparue aussi soudainement qu'elle était apparue. Le curé a cru de son rôle de prendre nouvelle de sa fantasque paroissienne : il n'a pas franchi le seuil de la porte, éconduit par Fernand avec une fermeté muette qui ne lui a pas laissé le temps d'ouvrir la bouche. Il s'est détourné, a relevé sa soutane pour sauter le caniveau où stagnaient des eaux de pluie, l'air furieux. Monsieur Leleu en rit encore.

Vraiment oui, une drôle d'existence, des années et des années durant. Quelquefois il est comme un fauve en cage, Alberto, prêt à sortir follement de la maison en plein jour. Est-ce sa sœur qui lui donne l'idée du cahier ? Il a lu les journaux, il étouffe de cette image de petit truand assassin dont ils l'ont gratifié. Le papier des articles a jauni, tout cela est oublié depuis longtemps, mais Alberto vit dans l'éternel présent du naufrage qui a englouti son fragile équilibre, il ne peut y penser sans une colère aussi vive qu'au premier jour. De temps en temps le silencieux qu'il est devenu laisse échapper un peu de ce tumulte qui l'agite. Pour la centième fois il a relu l'article où il est dépeint comme un voyou de petite envergure, tueur à gages occasionnel (sans doute aux yeux du journaliste eût-il été moins grave de l'être par profession), le tout pimenté d'une photo du temps du maquis, photo collective dont on a extrait son seul visage, et rien ne ressemble plus à un visage de criminel que celui d'un partisan. Alberto repousse violemment le papier, il dit à sa sœur : les imbéciles, ils ne savent rien de la vérité.

Quelle est-elle, Alberto, cette vérité ? Il y a bien des chances pour qu'il ne le sache pas lui-même, malgré ce sens surprenant des symboles par lequel il place au début de son cahier le récit d'une aventure étrange qui lui est arrivée en Allemagne, quand il était soldat. Il est sur le bord d'une rivière, en caleçon kaki, une savonnette à la main, sur le point d'entrer dans l'eau pour s'y étriller. Dans le milieu de la rivière, emportée par le courant, passe une barque sur laquelle se trouvent deux personnes, une femme et un homme. La femme est assise, l'homme debout, au risque, songe Alberto, de faire chavirer l'embarcation. Tous deux sont tournés vers lui, ils crient et font des gestes. Alberto ne comprend pas ce qu'ils disent. Pas de rame visible, les passagers semblent avoir perdu la maîtrise de la barque, laquelle file rapidement, ce qui fait qu'assez vite Alberto ne distingue plus les traits de leurs visages, simplement deux bouches ouvertes sur des sons désormais inaudibles ; et ces bouches ouvertes hurlant du silence ont quelque chose de terrifiant. Un instant il se voit, à moitié nu comme il est, courir le long de la berge en criant lui aussi : qu'est-ce que je peux faire ? dites-moi ce qu'il faut faire ! Mais il reste immobile. Le lendemain sa compagnie faisait mouvement vers un village éloigné et naturellement personne, à supposer qu'il ait eu les mots pour s'en enquérir, n'aurait été à même de le renseigner sur les occupants de l'embarcation et leur sort. Par quel mystère ceux-ci, en un temps de violences et d'horreurs sans commune mesure avec le possible naufrage d'une barque, s'étaient-ils fixés dans sa mémoire au point d'occuper les premières pages du cahier ? Il n'y avait pas de réponse à cette question sinon qu'une intuition avait conduit la plume d'Alberto, une intuition d'écrivain, dis-je à Céline sans me rappeler qu'elle ne sait pas la moitié de ces choses que j'ai apprises sur Alberto et que pour elle la symbolique de ces bouches ouvertes sur un cri silencieux demeure hermétique. Elle ignore, même s'il lui arrive d'évoquer plaisamment l'obligation où je l'aurais mise de partager notre intimité avec Alberto et les siens, à quelle allure nous nous éloignons d'une situation prêtant à plaisanterie, combien au fil des jours la présence du trio se fait inexorablement plus constante, plus visible. Il n'est pas jusqu'à Fernand que je ne rencontre, et comme il m'agace avec sa manie d'avoir toujours une main dans sa poche où il tripote des pièces de monnaie, je marmonne des obscénités méchantes quand je le vois, le *fratellino,* que son aîné pourrait bien un jour saigner à mort par le fondement! Qu'est-ce qu'elle en pense, leur admirable sœur, quand elle fait son office de lingère?

Plus de visage blême dans la glace du lavabo, Maria-Pia m'a laissé seul, et que me dirait-elle? Ne suis-je pas un étranger? Je m'étends de tout mon long sur le carrelage dont la fraîcheur diffuse dans mes nerfs fatigués un bien-être imprévu. J'essaye de ne pas voir autour de moi les objets qui font de cette pièce une indubitable salle de bain («Sandro! qu'est-ce que tu fais, ça ne va pas? —Mais si, ne t'inquiète pas, je me repose») rien à faire, les objets reprennent leur forme; baignoire, lavabo, glace, porte-serviettes, qui avaient commencé à se dissoudre dans un tremblement assez semblable à ce que provoque la réfraction de la lumière à travers une masse d'eau, retrouvent leur netteté blanche et brillante ; je m'abrite les yeux de la main, suscitant à nouveau la sollicitude de Céline, elle s'agenouille, tu as quelque chose aux yeux? montre ; et comme elle écarte ma main, je me retourne, je l'enlace sur le sol, Dieu, quel bonheur de la tenir serrée contre moi, le père Leleu a raison, je suis un sot. Enfin le père Leleu ne me dit pas que je suis un sot, non, mais il le pense. D'accord, Monsieur Leleu, seulement dites-moi pourquoi vous avez passé toutes ces nuits à guetter Alberto? Vous aviez des insomnies, vous êtes un petit dormeur, je sais, mais enfin pour se rendormir on prend un livre, une tisane, on ne se poste pas à sa fenêtre l'œil en alerte. Alors ? Vous n'avez jamais rien dit à la police ni à personne, ce n'était donc pas de la malveillance. D'où vous venait votre curiosité ? Vous savez ce que dit Céline, votre Céline bien-aimée ? « Il est lubrique, le père Leleu. » Elle le dit sans méchanceté, ça l'amuse, et aussi elle prétend m'instruire, elle croit que je vous crois candide, ce qui n'est pas exact : je vous crois comme nous tous un mélange de candeur et de duplicité, de résignation et de désirs tenaces. Cela vous excitait, l'idée qu'Alberto retrouvait une femme sur la colline. Aujourd'hui encore vous le croyez. Même il vous plaît de l'imaginer, cette femme, peut-être lui donnez-vous un visage, un corps, et ce sera ceux d'une belle enfant d'autrefois qui vous aura meurtri le cœur par ses indifférences et que vous auriez voulu mener sous les pins, d'abord par le bout des doigts comme il sied quand on entre chez des châtelains, puis, comme le bout des doigts ne saurait suffire, vous voilà dans des frénésies rien moins que romanesques, hors de vous-même et affichant un état de virilité je ne dis pas triomphante, ce serait encore une façon noble de présenter la chose, animale plutôt, l'état brut, bref tel que vous supposez Alberto en pareille circonstance, sauvagement et souverainement impatient... Mais par une de ces malices dont l'imagination est coutumière quand on lui laisse la bride sur le cou, la scène se présente autrement que vous le souhaitiez, c'est Alberto qui besogne la belle enfant, laquelle tourne vers vous un regard ironique et se laisse faire. Elle a entre temps pris le visage de Céline, mais oui, ne vous en cachez pas, d'ailleurs comme vous avez raison ! Céline vaut mille fois cette petite cruche que vous rêviez de mettre en perce et qui est peut-être devenue votre femme finalement ? Alors adieu les rêves, romantiques et autres. On remplace tout ça par une chambre conjugale dont on ouvre toute grande la fenêtre à la belle saison, à cause de la chaleur accumulée dans la maison. Je l'entends, votre épouse, vous rappeler à la réalité : qu'est-ce que tu regardes donc tant par cette fenêtre ? tu viens ? Non qu'elle soit devenue nécessairement acariâtre ni laide par le seul fait du mariage, mais pourquoi, comment entrerait-elle dans des fantaisies que d'ailleurs son époux lui cache soigneusement ? Elle n'aura pas manqué d'avoir les siennes, tout aussi secrètes.

— Comment le vois-tu, cet Alberto, finalement ?

— Pardon ?

Elle se met en colère. Ma Céline, tu es imprévisible ! Je ne vois pas ce que ma question a pour t'irriter. Tantôt tu trouves rigolo de chercher le cadavre d'Alberto, enfin ce qu'il en reste, dans nos oubliettes, tantôt je n'ai plus le droit d'évoquer le personnage ! Elle me répond : Bon, est-ce que tu viens ? La voilà debout, me considérant d'un œil que je trouve réprobateur. Je me sens ridicule, allongé ainsi sur le sol, toisé par une femme tout à coup dépourvue d'indulgence. Je le lui dis. Elle hausse les épaules : il ne tient qu'à toi de te lever ! Très bien, très bien. Je la suis docilement jusqu'à notre chambre. Le couloir, la descente d'escalier sont vides. Nous sommes seuls.

III

Céline est en train de lire le livre que j'ai traduit pour Milan. J'ai cru bon d'attirer son attention sur le fait qu'il s'agit d'événements inventés. Sauf quand même, dit-elle, l'affaire de Maguelone, non ?

— Oh peut-être, oui, je ne sais pas trop, ai-je répondu.

Impossible de me souvenir de ce que je lui ai raconté à propos de Maguelone, d'Alberto, du pêcheur au carrelet et le reste. Il paraît, elle me l'a dit ensuite, que j'ai pris un air à la fois excédé et douloureux. Voyons, ma Céline, on dirait que tu ignores tout de nos démarches mentales les plus ordinaires. Je t'ai parlé de la photo du jeune mort sur le buffet Henri II de façon à te faire penser que je l'avais vue de mes yeux ? Soit, et alors ? C'est drôle, ce côté pointilleux que tu as quelquefois au milieu de la plus grande désinvolture par ailleurs. Je te signale que des jeunes morts par balle, à l'époque, il y en a eu un certain nombre et qu'il n'est pas rare de trouver leur photo dans les salles à manger des familles, Henri II ou pas. Bref il se peut que tel jour de ce printemps 1944 qui fut celui de tous les dangers, une femme de Villeneuve, qu'il faut imaginer jeune et alerte, ait vu pour la dernière fois son fils, chargé de son équipement de pêche, franchir le seuil de la porte sans se retourner ni dire au revoir tant la chose était coutumière. À peine si elle y aura prêté attention. Elle vaque à ses tâches habituelles. Quelqu'un passe la tête par la fenêtre de la cuisine :

— Où est Antoine ?

— À la pêche.

Si l'on peut dire. Si l'on peut dire que c'est être à la pêche que regarder les poissons avec des yeux morts en tournoyant au-dessus d'eux à la surface de l'eau. Ne t'égare pas, Sandro ! Je ne m'égare pas. Je reviens à l'essentiel. N'oublie pas que c'est Alberto, non le soldat, qui a poussé l'adolescent dans le canal. Et plus tard, lors de ce que l'on peut appeler le deuxième meurtre (qu'il n'a pas plus commis que le premier), c'est lui encore qui a fait basculer le mort dans le Vidourle en le retournant avec le pied, l'enquête l'a établi. Il faut croire qu'il éprouvait comme nécessaire ce plongeon qui donnait au corps, revenant à la surface et tournant doucement sur lui-même, un faux-semblant de vie provisoire et apaisé. Alberto a-t-il jamais écrit le mot *cadavre* dans son cahier ? Je parierais que non. Cela le rassurait de pouvoir se dire que les victimes n'avaient fait que changer d'élément, vision sereine et somme toute traditionnelle de la mort. C'était une façon de les accompagner jusqu'au point extrême où il pouvait les suivre. En dehors de cela : guère de sentiment sans doute. Il n'a jamais cherché à connaître la mère de l'adolescent au carrelet, n'a jamais révélé qu'il avait assisté au crime ; elle ne saura jamais ce qui s'est passé. Alberto disparaît sans un mot, sans une pensée probablement pour elle, bien avant le temps où j'ai pu, moi, rencontrer cette femme, âgée désormais et solitaire, assise presque tout le jour dans sa cuisine près de la fenêtre, face au buffet sur lequel la photo de son fils prend au fil des ans une indéfinissable patine qu'elle ne remarque pas ; pas plus qu'elle n'est sensible à l'écart grandissant entre ce jeune homme qui ne vieillira pas et elle-même, son visage de plus en plus ridé et affaissé, elle qui pourrait être maintenant la grand-mère, l'arrière-grand-mère de l'adolescent de la photo ; elle qui a eu à satiété ce qui lui a été à lui refusé : des années, des années et des années de vie, jusqu'à l'écœurement, un défilé de jours tous semblables ou presque depuis... depuis que des gens de Villeneuve ont sorti du canal... Alberto a déjà regagné l'oustalet avec ses deux compagnons. Ils sont passés par Saint-Julien où il a embrassé sa sœur. La nuit tombait. Est-ce qu'elle a perçu quelque chose ? Les yeux d'Alberto brillaient comme s'il avait eu la fièvre et il soupirait parfois, l'air absent, tandis qu'elle remplissait leurs sacs de nourriture et de linge. Les deux autres la regardaient faire, debout dans la maigre lumière de la lampe-tempête qu'elle avait accrochée au mur du cellier. Les voisins sont-ils sûrs ? Est-ce qu'on sait ! Elle a haussé les épaules. Fernand ira vous porter du vin, je n'en ai plus en bouteilles. Ils s'emparent de leurs sacs, ils ont hâte de regagner leur montagne. Alberto ne bouge pas. Il est dans la pénombre, on entend le souffle de sa respiration. Comme d'une bête : est-ce ainsi qu'elle a formulé en elle-même ce qu'elle éprouvait, la petite femme noiraude dont les doigts agiles plient encore une chemise avant de refermer le sac qu'elle tend à son frère ? Il le charge sur son épaule, s'en va avec les deux autres après qu'elle a regardé si la rue était vide. Elle reste quelques secondes dans l'embrasure de la porte. Impossible qu'elle n'ait pas remarqué qu'il ne semble rien voir ni entendre de ce qui se passe autour de lui. Parce qu'il aimait à dépenser l'argent, elle disait, paraît-il, en plaisantant : « Alberto, c'est un prince ». Prince d'un autre monde. Les voilà tous trois happés par la nuit comme s'ils n'avaient jamais été là.

Est-ce à partir de là qu'elle a commencé à se méfier de lui ? ou se méfiait-elle depuis longtemps de ce frère aimé et admiré secrètement, mais dont elle avait très tôt, sans doute, pressenti l'étrangeté ?

Elle a refermé doucement la porte du cellier ; notre cellier aujourd'hui, si bien que je m'exerce à faire de même, à refermer le plus silencieusement possible cette porte que je viens de franchir derrière ma femme. Nous sortons pour l'une de nos promenades du soir, tard, par une nuit de pleine lune qui donnerait du vague à l'âme au plus obtus d'entre nous, Fernand lui-même ; mais, dis-je tout haut, Fernand était-il dénué de sensibilité ? vois avec quelle sûreté de main et quel goût il a réparé notre génoise. C'est lui qui a tout refait, Monsieur Leleu me l'a dit. Et aussi qu'il avait été un adolescent aux yeux doux assez attendrissant. *D'après.* (Nous nous regardons en souriant, car nous prenons plaisir à ce *d'après,* équivalent saint-juliennais de « à ce qu'on raconte »). Peut-être que ce Fernand était moins imbécile qu'il l'est devenu par la suite, si tant est qu'il le soit vraiment devenu, qu'il n'ait pas carrément joué l'imbécillité pour échapper à la tyrannie de ses aînés. Oui, quand Alberto déclare que son frère cadet n'aura jamais de femme, sans susciter la moindre protestation de sa sœur, est-ce que ça n'est pas un interdit qu'il jette ? Assez odieux quand on y pense. L'autre se réfugie peu à peu dans le silence, puis l'abrutissement. À tel point que quand ses deux tyrans disparaissent, il est incapable de vivre libre et il faut l'enfermer dans une maison de retraite. Ne prends pas cet air soupçonneux, je n'envisage pas de partir à la recherche d'une deuxième maison de retraite ! Note bien que celle-là ne doit pas être loin d'ici, on la trouverait facilement. Mais Fernand ne m'intéresse pas. D'ailleurs je me range à tes désirs, nous n'allons pas plus longtemps partager notre foyer avec ces trois-là, surtout pas le petit Fernandino. Celui-là entre tous me déplaît.

— Tu veux qu'on prenne la voiture et qu'on aille à la mer ?

— Ça n'est pas un peu tard ?

Ô raisonnable Sandro ! Le même qui derrière Alberto franchit à gué les rivières, se coule sous les chênes et grimpe à perdre souffle vers les crêtes inondées de lune... Voilà qu'elle a à ses côtés un être casanier et frileux qui n'aspire qu'à son lit. J'explique :

— C'est que la mer me fait peur. Tu es capable de disparaître au large comme une fois.

Finalement nous sommes allés au vieux pont du Rieutord. Une seule arche, effondrée en son milieu et qui ne mène nulle part, couverte de végétation ; presque un monument naturel. Le gué que franchissait Alberto est plus haut, après le moulin de Figuières. Il devait y avoir un chemin de l'autre côté, mais pour aller où ? Je ne comprends pas ce lieu. Nous sommes rive gauche et sur la rive droite il n'y a rien vers quoi puisse conduire un chemin, pas un *mazet* à des kilomètres, seulement la montagne.

— Tu parles comme si tu connaissais tout ça aussi bien que le père Leleu.

— Ben oui, mieux même, lui il ne savait pas où était l'oustalet des maquisards.

Elle dit : c'est parce qu'il n'y a pas de champignons par là-bas, probablement... Elle lâche ma main pour me laisser marcher devant elle : maintenant que nous sommes en amont du pont, le sentier est trop étroit pour deux personnes de front. Dévoré par la végétation. Avant, des charrettes y passaient.

— Il y a des siècles, dit-elle.

Mais non, pas des siècles ! c'était hier. Au temps d'Alberto encore. Les gens de Saint-Julien portaient leurs olives au moulin, ils n'y allaient pas avec un sac à dos ! Si Monsieur Leleu était là, il dirait que tu ne t'intéresses pas à l'ancienneté. D'ailleurs Alberto, pour toi, ce n'est pas l'ancienneté, c'est un jeu de rôle. Bon, me dit-elle (j'entends sa voix sans voir la personne et comme ses pas sont tout à fait silencieux sur la terre du chemin, j'ai l'impression curieuse qu'elle n'est pas vraiment derrière moi, qu'elle me parle à travers la nuit, en quelque sorte, ou plus exactement à travers toutes ces choses plongées dans l'ombre autour de nous, arbres et murets de pierre et l'eau du Rieutord qui brille en contrebas) je ne vois pas très bien ce qu'Alberto viendrait faire dans notre vie sinon ça. Et je réponds : oui, évidemment ! faisant mien, dans la grande sérénité nocturne, ce point de vue rassurant.

Plus soudainement que je n'en avais souvenir, le moulin de Figuières dresse devant nous la masse ruinée de ses murs. Tout à coup l'eau est assourdissante sur les cailloux : c'est cela qui permettait à Alberto de passer sans craindre d'éveiller personne. Nous avons traversé à gué, comme il le faisait, de pierre en pierre, et pris sur l'autre rive le sentier qui monte vers la crête. Comme nous n'avions pas sommeil, notre heure étant passée, et que de toute façon, a dit Céline, ç'aurait été criminel de s'enfermer dans une maison par une telle nuit, nous avons grimpé, tranquillement, à notre pas ; nullement celui d'Alberto qui court derrière le diable sait quoi et ne regarde rien autour de lui. Nous sommes arrivés à l'oustalet, que je n'avais jamais retrouvé.

— Tu le reconnais ?

— Bien sûr.

Ils sont là. Ils sont assis tous les trois devant l'oustalet, silencieux. Trois hommes très jeunes, mal rasés et l'air fatigué. Lequel est Alberto ? Mais c'est un éclair, ils disparaissent. Alberto, c'était sans doute celui qui se tenait un peu en avant des deux autres, leur tournant le dos ; ses yeux sont marqués de grands cernes noirs. Il soupire par moment comme il faisait tout à l'heure chez Maria-Pia, appuyé sur un coude, ne regardant rien.

C'est-à-dire regardant quoi ? Désormais il sera de plus en plus souvent ainsi, absorbé en lui-même ; revenant à la réalité en une fraction de seconde, d'ailleurs, avec cette vivacité qui l'a toujours caractérisé, aigu, prêt à se ruer dans le mouvement ; puis d'un seul coup c'est un autre homme, l'œil perdu. Sa sœur, refermant la porte du cellier, s'était dit : est-ce qu'il serait amoureux, l'Alberto ? C'est l'idée qui vient à l'esprit pour expliquer chez un être jeune cet état de distraction. Mais de qui, quelle femme dans ces montagnes ? Ils vivent serrés les uns contre les autres, dans une odeur de corps mal lavés, de vêtements malpropres. Maria-Pia secoue la tête, elle gravit cet escalier où je la trouverai des années et des années plus tard, renversée en arrière, jupe retroussée sur les cuisses dans une indécence qui est comme une insulte infligée par la mort. Elle dit à Fernand : tu iras leur porter du vin la nuit prochaine. Il grogne quelque chose.

— Fernandino ?

Il lève les yeux vers elle. C'est un gamin encore bien qu'il soit costaud, soulevant déjà des sacs de cent kilos.

— Pourquoi tu grognes comme ça ?

Il hausse les épaules, il se détourne. Du temps de leur mère... Bien sûr il n'aurait pas davantage pu dire... est-ce qu'on parle de ces choses à des femmes ? Mais elle aurait compris qu'il ne fallait pas l'envoyer là-haut tout seul, qu'Alberto ne le protégeait pas, au contraire. « Des bêtises, tu ne vas pas faire des histoires pour ça » : voilà ce qu'il dit, Alberto.

Le lendemain Maria-Pia descend au cellier pour tirer le vin.

— Qu'est-ce qui sent comme ça ? murmure-t-elle.

À côté des comportes entassées qui attendent les prochaines vendanges, deux poissons brillent sur le sol, sentant déjà le pourri . Elle les considère, étonnée, puis les ramasse avec répugnance ; non qu'elle n'ait l'habitude de manier les poissons que ses frères pêchent dans le Rieutord, mais ceux-là, qui étaient tombés du ciel, lui inspiraient une espèce de dégoût.

Cette nuit-là, lorsque Fernand arriva à l'oustalet, les deux compagnons de son frère dormaient. Alberto prit les bouteilles.

— Tu en veux un coup ?

C'était bien la première fois qu'il lui faisait pareille offre. Fernand fit non de la tête. Faut que je parte, dit-il, j'en ai pour une bonne heure.

Alberto ne le retint pas. Il semblait l'avoir brusquement oublié. Le garçon avait déjà tourné le dos lorsqu'il entendit la voix de son frère derrière lui : Merci, Fernand. Il s'arrêta : cela aussi c'était nouveau. Mais lorsqu'il risqua un regard derrière lui, Alberto se courbait pour entrer dans l'oustalet sans plus prêter attention à lui. Fernand traversa la clairière et dégringola un raidillon pour gagner le sentier en contrebas. Quand il y fut, il marmonna : Merci, il me dit merci maintenant, qu'est-ce qu'il veut ? Moi je ne retourne plus là-haut.

Et il s'entêta en effet, faisant la sourde oreille aux commandements de sa sœur. Celle-ci renonça. D'ailleurs Alberto ne paraissait s'apercevoir de rien, il envoyait l'un de ses compagnons ou descendait lui-même. Maria-Pia garda en mémoire les deux poissons morts du cellier, événement étrange, impossible à élucider et qui avait coïncidé avec l'obstination de Fernand à refuser de monter à l'oustalet ; mais si, sur ce dernier point, s'imposa à elle plus tard une interprétation dont elle se serait bien passée, les poissons demeurèrent une énigme. Elle pensait à eux quelquefois, quand elle remuait les comportes. Et une fois, après que la fin de la guerre eut ramené Alberto à la maison, bizarrement ils lui revinrent à l'esprit, dans leur luisance malodorante, comme elle tirait les draps de son frère pour les mettre à la lessive et que lui sautait au regard une grande tache révélatrice.

Céline m'a pris des mains la lampe électrique, elle pénètre dans l'oustalet. L'homme aux yeux cernés qui est un peu en avant des deux autres, appuyé sur un coude, tourne la tête vers moi sans changer de position. Sûrement c'est Alberto. Nos regards se croisent, j'ai juste le temps d'apercevoir quelque chose qui s'allume dans ses prunelles, inquiétude ou curiosité, déjà Céline sort de la capitelle, elle me tend la lampe. Tu ne veux pas qu'on dorme là ? dit-elle d'un ton léger.

—Ah non, non...

J'argue du froid, de l'inconfort. Mais la vérité c'est que ce diable d'Alberto ne manquera pas d'interposer à un moment ou un autre son visage mangé de barbe noire et émacié de fatigue, ses yeux fiévreux d'homme traqué. Non. En plein jour, encore, comme lorsqu'il nous a suivis dans les ruines du château, jeune loup aux dents éclatantes, affamé de cette femme qui dansait devant lui sur les pierres du sentier. Mais là, dans l'embrasure de la capitelle, découpé en ombre chinoise sur le gris-bleu d'une nuit de lune, non.

—*Amore,* il ne fait pas froid à l'intérieur. Et il y a plein de feuilles séchées par terre.

Elle m'a saisi des deux mains par derrière, elle me caresse, elle me pétrit avec une douceur entêtée. Mais je résiste. Je m'empare de ses mains et je l'entraîne vers la clairière que forme l'ancienne aire à charbon de bois. Alors elle soupire. Allons, murmure-t-elle, résignée. Je me garde de lui dire qu'Alberto est là, que je l'ai vu. Mais peut-être le sait-elle ? Elle l'aura reconnu dans l'homme à demi-allongé devant les autres, ou même elle n'aura vu que lui, tourné vers l'espace nocturne, perdu dans une rêverie infinie. *Amore*... Comme elle a dit ce mot ! avec quelle sensualité et quelle tendresse... C'était à moi qu'elle l'adressait, certes : n'est-ce pas le mot qu'elle réserve à notre intimité ? Mais aurait-elle eu une telle envie de moi s'il n'y avait eu, tout près de nous, à mêler nos souffles et nos désirs, Alberto ? non pas l'homme des midis éblouissants et des étreintes violentes et faciles, mais Alberto tel que le faisait une nuit souveraine descendue sur les crimes des hommes. C'est de cela qu'elle a eu cette si forte envie que je sentais dans ses mains, dans tout son corps plaqué contre mon dos, et que j'ai refusée, repoussée avec une espèce de peur sauvage.

Nous sommes rentrés, apaisés mais séparés de cœur, dans un Saint-Julien silencieux sous la coupole du ciel. Pas une âme. À se demander si tous n'ont pas quitté ce grand vaisseau aux coursives de pierre, l'abandonnant à une destinée cosmique dont ils n'auraient pas voulu risquer l'aventure et qui se referme sur nous comme un piège, comme notre maison elle-même, où l'on chercherait en vain trace d'occupants antérieurs à nous. Tout est net, rangé et vide. De l'autre côté de la place les volets de Monsieur Leleu sont tirés.

Reviendront-ils jamais ? Céline est partie tôt le lendemain matin, elle a affaire en ville où elle passera la journée et, comme toujours en pareil cas elle a utilisé mon ordinateur pour me laisser ses prescriptions pratiques : courses, coups de téléphone. Au lieu d'agir, je reste assis, l'œil perdu, devant mon écran, sur lequel bientôt l'économiseur précipite ses petites étoiles filantes. Sandro, tu dois avoir l'air plus bête que jamais, me dis-je ; mais c'est bon d'avoir l'air bête sans personne pour vous regarder. Ces petites étoiles filantes qui sortent du néant avec une obstination dérisoire, c'est bien assez pour satisfaire le peu de besoin de réalité qui te reste. Pourquoi s'en aller par les rues quand tout vous est apporté à domicile ? Ils ont eu raison (*ils,* naturellement, c'est Maria-Pia et ses frères) ils ont eu raison de s'enfermer. Plus exactement Maria-Pia a eu raison de *les* enfermer, d'enfermer Alberto. Ou mieux encore : elle a eu *une bonne raison* de le faire. Laquelle ? On peut deviner sans plus. Quelque chose qui s'est passé dans les derniers temps de sa vie d'homme libre, là-bas, en Italie, dans la plaine du Po ; peut-être sur les rives du grand fleuve ou le bord d'une rizière puisque l'eau avait pour lui tant d'attraits.

J'ai pensé tout haut : ça doit se trouver quelque part dans son cahier. Et j'ai commencé à fourrager dans mes fichiers en me parlant à moi-même, ressortant le texte du roman que j'avais traduit pour mon éditeur milanais et dont j'avais conservé la version originale française dans mon ordinateur bien que le livre imprimé soit sur un rayon de notre bibliothèque. Bien évidemment le cahier d'Alberto ne pouvait s'y trouver, Alberto lui-même n'y était pas, je le savais parfaitement: « Oui, oui, ma petite Céline, je sais cela aussi bien que toi sinon mieux », mais parmi tant et tant de gestes que nous faisons en les sachant inutiles, pourquoi pas celui-là, pourquoi pas cette recherche, pas plus désespérée que celle de la pierre philosophale ou du trésor des Cathares? Et beaucoup plus simple: un ordre à lancer et je réapprends qu'Alberto est inconnu des deux cent trois pages qui constituent le livre dans sa version française. Je peux donc l'y insérer si je veux, aux endroits qui me conviennent: dans la scène du meurtre de Maguelone par exemple. Désormais quand je poserai la question, le fichier répondra par la page 112 ; et je verrai apparaître Alberto découpé sur l'horizon laiteux avec deux poissons morts dans les mains.

Je peux aussi écrire le cahier d'Alberto. C'est ce que me suggère Céline, le soir, me voyant désœuvré (je suis presque au chômage, l'essai de polémologie est terminé, livré, et rien d'autre ne s'est annoncé à l'horizon). Sérieusement. Ça te ferait du bien de mettre par écrit ces choses que tu as dans la tête.

—Après tout, dis-je, c'est ce qu'il a fait, Alberto, enfermé lui aussi, inactif par force.

Cet homme, fruste quand même, peu habitué à manier la plume, a-t-il fallu qu'il s'ennuie! Ce n'est pas l'ennui, dit-elle, c'est le tourment de la culpabilité. Je te dis que c'est un assassin.

Bon. On demandera à Monsieur Leleu : qu'a-t-il avoué, en fin de compte, dans son cahier, Alberto ? Avoué ? Rien du tout. Enfin il ne dit pas : j'ai fait ci, j'ai fait ça, j'ai tué tel ou tel... Pas fou ! Si jamais les gendarmes mettaient la main sur le cahier...

—Alors bon dieu, qu'est-ce qu'il y avait donc dans ce fichu cahier ?

L'ancien receveur reste comme saisi. C'est vrai, murmure-t-il enfin, je ne me rappelle plus bien, vous pensez, ça ne date pas d'hier tout ça. Des choses... il disait des choses qu'on ne dit pas, si vous voulez. Vous comprenez ? Un homme enfermé... Et puis aussi des choses bizarres. Mais je ne crois pas que c'était un assassin, Alberto, je l'ai connu. Un assassin ? Non. Mais pour avoir de drôles d'idées, ça oui, vraiment il avait de drôles d'idées ! Il parlait aussi de son frère, Fernand. Alors là...

Fernand de nouveau. Cela me met en colère de voir resurgir le *fratellino,* que j'imagine tantôt en vieil homme malodorant et malpropre, tantôt en adolescent aux yeux plaintifs avec un je ne sais quoi de féminin dans le visage, le dessin de la bouche ; et l'une et l'autre image m'inspirent une sorte de dégoût malveillant. Je me demande bien ce qu'elles lui trouvent pour le défendre avec tant de constance, Maria-Pia et avant elle la *mamma ;* sinon que celle-là était sa mère, elle l'avait fait, admettons. Mais l'autre, la sœur ? Maria-Pia, si ronde en toute chose, si sensée ? Qu'est-ce qu'elle trouvait à cette poupée maniée à son désir par le frère aîné et qui ne s'est jamais révoltée, qui n'a jamais écrasé son poing sur la figure d'Alberto, qui n'a jamais eu d'autre courage que d'aller geindre dans les jupes de sa maman et de sa grande sœur ? Il n'aura jamais de femme, disait Alberto. Je crois bien ! Ni femme ni rien d'autre, rien que l'étroitesse d'un quotidien où il n'a même pas choisi ses marques, où il suit les deux autres avec une docilité de chien. Ils l'ont réduit à ça. L'une avec son souci de le protéger du pire : c'est évident qu'elle préférait Alberto, mais justement il fallait éviter à celui-ci, si imprévisible, si impossible à domestiquer, quelque énorme bêtise propre à flanquer par terre l'édifice en façon de château de cartes qu'elle avait rebâti derrière ces murs de forteresse où elle les tenait enfermés ; l'autre avec sa volonté aveugle. Il ne voulait pas de mal à Fernandino, sans doute, non ; et sûrement tout le bien possible à Maria-Pia. Seulement qu'est-ce que cela signifie, vouloir du bien, vouloir du mal, pour un homme comme Alberto ? Ah oui, elle a eu raison de le faire revenir *alla casa,* usant de toute sa persuasion, de toute son autorité de sœur aînée. Mais cela n'aurait pas suffi. Il s'est passé quelque chose que je ne sais pas, qui est certainement dans le cahier, pour qu'Alberto accepte de rentrer à la maison, une chose que cette cousine de Novara qui leur servait de boîte aux lettres a dû écrire à Maria-Pia.

— Les lettres !

— Quoi, les lettres ?

Les lettres qu'ils se sont écrites pendant le temps qu'Alberto a passé en Italie ? Maria-Pia les a jetées ? ou elles sont encore quelque part, cachées ? Céline me regarde, l'œil rond. Alors, dit-elle, alors ça y est, on repart à sonder les reins et les cœurs, je veux dire les murs ? Bon, mais cette fois on va jusqu'au bout, je veux la cassette avec les lettres dedans, même si je dois aller la prendre aux doigts du squelette d'Alberto.

Je hausse les épaules.

— Arrête de jouer !

Sandro... Le voilà pensif, il rêve de ces lettres, attachées avec un ruban, conservées jalousement par la sœur incestueuse — si, si, c'est le mot, à supposer même qu'il n'y ait pas eu l'ombre du début d'une réalisation —, des lettres qui remplaceront avantageusement l'introuvable cahier, écrites dans la spontanéité fiévreuse des nuits de ce sud italien (Alberto ne s'est-il pas d'abord réfugié en Calabre ?) que vous méprisez si fort, vous autres épais bourgeois de Lombardie et de Piémont. Des lettres pas très bavardes, courtes même, mais que ne révèle-t-on pas en quelques mots sous la pression du grand désarroi de la fuite, de l'exil ? L'homme qui roulait DS et commençait à avoir de l'embonpoint à la ceinture a quitté sa niche douillette pour une cavale à travers les montagnes où, il est vrai, il n'aura pas manqué de prendre son âpre plaisir. Il sait tout faire, Alberto : des pièges pour attraper les lapins de garenne, des feux dont la fumée est invisible, des abris de branchages aussi étanches qu'une maison et plus discrets qu'un trou de mulot. Il ne se résout pas tout de suite à passer la frontière, il erre quelque temps au-dessus de la vallée de la Roya où à cette époque on parlait italien plus que français. Il se risque dans les villages pour acheter du pain, un peu d'épicerie. Les gens comprennent au premier regard que c'est un fugitif. Et comme on n'est pas si loin du temps de la guerre, ils croient qu'Alberto est un ancien fasciste échappé de quelque prison. Un berger en mal de braconnage le découvre dans l'une de ses cachettes. Tu n'as pas à avoir peur, dit-il en italien, ici on en a déjà vu qui se cachaient, des fascistes : on ne va pas chez les gendarmes. Alberto ne peut s'empêcher de répondre : *non sono un fascisto!* Sa voix est déjà comme rouillée par le silence de plusieurs jours. L'autre le regarde, étonné et maintenant soupçonneux : qu'a-t-il fait alors, ce barbu aux yeux enfoncés dans des cernes noirs ?

Cela et l'arrivée de l'automne, c'est ce qui décide Alberto à gagner l'Italie. Il ira dans le sud où s'abritent toutes les illégalités. Fini la cavale, la peur. Les *carabinieri* se fichent pas mal de ce nouveau venu, aurait-il un meurtre sur la conscience. Oui, il aurait pu refaire sa vie si cela avait signifié quelque chose pour lui. Maria-Pia hoche la tête sous la lampe à contrepoids, elle lit une lettre, elle se parle à elle-même : peuchère... (j'oublie toujours que c'est ainsi qu'elle parle, dans cette langue méridionale à laquelle nos clichés refusent la connotation dramatique et chaque fois c'est pour moi une dissonance) *peuchère,* ce n'est pas bon pour un homme d'être seul ; cette femme au moins, au garage, elle l'a tenu tranquille des années, même si finalement il est allé chercher ailleurs. Car elle aussi elle pense, Maria-Pia, que ce qui a perdu Alberto, c'est le goût des femmes, malgré ce qu'elle sait ou devine, qui est d'un autre ordre que cet ordre où, prudemment, nous cantonnons nos désirs. Monsieur

Leleu pense la même chose, et Céline. Laquelle s'en moque en réalité, mais s'amuse de la colère jalouse et triste qu'excite en moi, disons, l'ombre portée du personnage derrière elle quand nous empruntons ensemble les itinéraires familiers d'Alberto.

— La cousine de Novara.

— La cousine de qui ?

Il est de plus en plus sourd, le père Leleu, il met sa main en cornet autour de la moins mauvaise de ses deux oreilles. Ah oui, ils avaient une parente là-bas, c'est moi qui vous l'ai dit? Les lettres, c'était elle. Je l'ai su parce qu'au bout de quelque temps Maria-Pia a mis ses lettres pour l'Italie à la poste de Saint-Julien. Au début probablement que Fernand les portait en ville en changeant chaque fois de boîte peut-être. Elle était maligne, Maria-Pia. Et puis elle a pris confiance, il faut croire.

— Vous avez bien observé...

Il nous jette un coup d'œil mi-figue mi-raisin. Céline peut faire passer ce qu'elle veut avec lui parce qu'il l'aime et rit en même temps qu'elle. Moi ce n'est pas pareil.

— ... je veux dire que votre interprétation est sûrement la bonne.

Qui d'autre à Saint-Julien aura braqué ainsi ses regards sur *l'Italienne ?* Il la voit tous les jours que Dieu fait, à la poste ou dans le voisinage immédiat de sa maison. Même quand elle aura cessé de travailler et qu'elle sera devenue une recluse volontaire... Au fait, vraiment elle ne sortait pas? Jamais?

— Non.

Cela s'est fait peu à peu. Tant que Fernand a travaillé, il a bien fallu qu'elle aille faire quelques courses, et son jardin au-dessus du Rieutord. Après ils en ont eu un tout près d'ici, je vous montrerai, une terrasse au-dessus d'une ruine. L'autre, ils l'ont laissé à l'abandon. C'est vous maintenant les propriétaires.

— Pardon ?

Grâce à mes questions, que Céline si souvent juge oiseuses, nous apprenons, ou réapprenons ? le terrain doit bien figurer sur notre acte de vente ! que nous possédons un jardin. Un beau jardin, dit Monsieur Leleu avec conviction. Naturellement il faudrait cultiver, enlever quelques cailloux, ajoute-t-il, se méfiant de nos innocences. Vous savez où il est quand même ?

Céline répond gaiement que nous n'en avons pas la moindre idée. En allant vers le moulin de Figuières ?

— Ah mais non, de l'autre côté. En aval, si vous voyez ce que je veux dire.

Nous voyons. Je fais la moue : en aval, le Rieutord n'est plus qu'une rivière banale et paresseuse, bordée de jardins en effet et de vignes. Mais j'apprends avec intérêt de Monsieur Leleu que tout de suite après notre jardin — il a dit : « le jardin de Maria-Pia », réappropriation dont je m'enchante — le Rieutord, qui s'était étalé, se resserre dans une gorge où il reprend ses bondissements, puis se déverse par une cascade dans une large vasque rocheuse avant de redevenir définitivement une rivière de plat pays. Là, dans cette gorge, les deux frères braconnaient des truites qu'ils pêchaient à la main, pieds nus, pantalons et manches de chemise retroussés, si habiles et si vifs que le garde-champêtre arrivait toujours trop tard.

La treille suffisant à nos envies bucoliques, nous n'envisageons pas la culture de l'aubergine et de l'oignon. Monsieur Leleu lui-même ne nous y encourage pas, malgré le regret que lui inspire l'abandon d'un terrain où, dit-il, « on pourrait faire venir un beau *jardinage* », mot qui dans le parler saint-juliennais signifie « produits du jardin ». Il a cependant proposé de nous y mener. En fin d'après-midi nous nous trouvons tous trois au milieu de ce qui nous apparaît, à Céline et à moi, comme de hautes herbes folles. Vous pourrez toujours venir y cueillir votre menthe, nous dit Monsieur Leleu, regardez, c'en est des buissons. Et de la sarriette. Et des poireaux sauvages : là. On voit très bien le tracé des anciennes allées. De ce côté-ci elle avait ses pommes de terre. Là, deux trois pieds de vigne pour son raisin de table, on les voit encore, regardez.

Nous regardons, mais nous ne voyons rien : ni la sarriette ni les poireaux ni les pieds de vigne ni les allées. C'est dans votre mémoire, Monsieur Leleu, ou...

— Comment, vous ne voyez pas ?

Il relève une plante avec le bout de sa canne.

— Ben oui, on voit des feuilles...

Les fossettes de Céline se creusent.

— Céline, mon petit, puisque Monsieur Leleu te dit que c'est du poireau.

— Mais non ! le poireau c'est là-bas, ça c'est de la vigne, vous voyez bien. Retournée à l'état sauvage, évidemment.

— Ah...

Tout est là : nous ne reconnaissons que les plantes civilisées, la vigne à ses grappes, le poireau à ce qu'on le met en bottes... Céline commence à rire irrésistiblement et le père Leleu se tourne vers elle, souriant déjà. Je les laisse. Je vais vers la berge dans laquelle on distingue encore des marches maçonnées, j'emprunte vers l'aval la sente des pêcheurs qui longe la rivière, et bientôt je trouve le défilé rocheux dont Monsieur Leleu nous a parlé. On est en période de basses eaux et en sautant de pierre en pierre j'arrive à la cascade, puis, par un détour à travers un éboulis envahi de ronces, au bord de la vasque ; on dit ici le gourg. Elle est profonde et sombre dans la lumière déclinante du soir. Le bruit de la chute d'eau s'associe étrangement, sans le troubler, pourrait-on dire, au silence immobile qui règne autour de moi. Ici, aux beaux jours, en un temps où l'on n'avait pas communément une voiture pour faire la trentaine de kilomètres qui sépare Saint-Julien de la mer, les jeunes du pays venaient se baigner. Les plus hardis plongeaient de la dalle sur laquelle je me suis assis, jambes dans le vide. Ils devaient se défier, se bousculer, se pousser les uns les autres si bien que certains basculaient dans la vasque sans l'avoir vraiment voulu... Et puis les cris ont cessé. Alberto ? dis-je à voix basse. L'eau est de plus en plus noire. C'est pour cela sans doute, à cause de l'obscurité, que je ne perçois plus ce frémissement de vaguelettes constamment renouvelées qu'engendre sur la surface le choc de la cascade : il me semble que l'eau est figée et lisse comme un glacis dans la transparence duquel, s'il faisait moins sombre, on distinguerait des corps de noyés.

— Maria-Pia...

Les voilà. Deux silhouettes à contre-jour derrière moi, sur lesquelles je me retourne, abritant mes yeux de la lumière du couchant. Ce sont eux. Ils m'ont appelé vainement du jardin et comme je n'entendais pas, Monsieur Leleu a guidé Céline par un chemin qui contourne la gorge. Ma femme me regarde avec suspicion (à quoi rêvassait-il encore ?) et je lui renvoie son regard ou plutôt je renvoie à Monsieur Leleu la suspicion dont il était chargé : ils sont arrivés derrière mon dos sans bruit (comment, sans bruit ? avec celui de la cascade, évidemment que tu ne pouvais pas les entendre !), enfin quoi qu'il en soit, en trois enjambées Monsieur Leleu était sur moi, m'empoignait par les épaules et me jetait dans la rivière. À supposer, bien sûr, qu'il ne soit pas un vieux Monsieur aux jambes incertaines, le rond-de-cuir retraité qui avait choisi les bureaux pour ménager sa petite santé, mais un homme jeune, assez fort et brutal pour qu'il me soit impossible de résister à la poussée de ses deux mains. Ainsi j'aurai rejoint les corps tournoyant doucement dans la vasque, devenu l'un d'entre eux, happé dans leur froide et tranquille dérive.

Je me lève, il faut regagner le village, car la nuit est presque tombée. Monsieur Leleu nous précède, écartant parfois une ronce avec sa canne ; Céline et moi sommes serrés l'un contre l'autre, nous tenant par la taille. Elle n'est pour rien dans cette histoire. Innocence des femmes autour de moi. N'en est-il pas de même de Maria-Pia, de la veuve du garage ? de ma mère ? Ma mère. Qu'avait-elle à voir avec l'histoire de bruit et de fureur derrière les murs de notre maison… Tiédeur douce de la main de Céline contre ma hanche. Je m'ébroue. Ne repars pas dans tes sottises, il n'y a pas eu de bruit et de fureur ! rien de tel. Une famille plutôt paisible malgré quelques inévitables disputes entre les deux fils. Et encore. Nous disputions-nous ? Tout enfants, oui, et comme tous les enfants, mais ensuite ? Une cohabitation sans problème malgré l'agacement de se côtoyer dans la même chambre à coucher, car mes parents à l'époque n'avaient pas encore le grand appartement près de la Porta Romana. Qu'est-ce qui attristait ma mère ? Peut-être n'avait-elle jamais été gaie, même jeune ? Mon père, oui. Et Aldo. Tandis que c'est à elle que je ressemble. Ce qui n'a pas empêché qu'elle n'ait aimé au fond que mon frère, même si elle l'a si admirablement, si constamment et scrupuleusement dissimulé. Céline, pressée de plus en plus tendrement contre moi, ne sait rien de toutes ces choses. Elle croit qu'Aldo et Paola, à Milan, ont pris, comment dire ? leur tour de rôle auprès de mes parents puisque nous ne venons pas ou si peu ; rien de plus naturel. Naturel… Oui, si l'on veut, si l'on admet que la nature, parmi ses innombrables visages, avait aussi celui-là, biscornu, ambigu ; un visage côté pile côté face, à la Janus. Céline ne peut pas savoir, elle si choyée, et c'est si difficile à dire. Quelque part dans le passé une bifurcation diabolique a fait dévier nos vies aussi brutalement que tout à l'heure s'est enfoncé entre mes omoplates le coup de poignard d'un désir de meurtre.

Toute l'affaire Alberto, pour Céline, se ramène à une énigme policière. Le reste ne l'intéresse pas ou plus exactement elle l'ignore. Le père Leleu, lui, bien sûr, n'est pas si naïf ou, si on veut, indifférent, bien qu'il ne soit pas facile de savoir quelles sortes de plaisir il a pris à compagnonner avec la postière et ses frères. Il marche devant nous, paisible, le dos rond.

— Monsieur Leleu, vous vous baigniez autrefois dans le Rieutord ?

— Ma foi, quand j'étais jeune... Mais aux passes, pas ici, pas dans le gourg. Je n'étais pas bon nageur, alors il me fallait avoir pied.

— Au gourg, c'était les costauds...

Céline s'écarte de moi pour me considérer :

— Et qui te dit que Monsieur Leleu n'était pas un costaud quand il était jeune ?

Mais lui, bonhomme :

— Oh non, pas du tout. Mon frère, oui, mais moi... C'est bien pour ça que je suis entré aux postes.

J'insiste, sous le regard désapprobateur de Céline :

— Votre frère, lui, il allait au gourg ?

Et comme il ne répond pas, je répète ma question :

— Il allait au gourg, il savait nager, lui ?

— Laisse, murmure Céline, fâchée.

Les jeunes gars qui, avant de plonger du haut de la dalle, paradaient en gonflant leurs pectoraux avaient un public exclusivement masculin ; car les filles, à l'époque, dans les villages, ne se baignaient pas. Ni aux passes ni au gourg, ce n'était pas la mode. Et pourtant c'était bien leur regard qui était sous-entendu dans ces rivalités musculaires et sportives. Il devait aimer ça, Alberto, rouler des mécaniques et faire saillir ses biceps. On l'imagine au milieu des autres, râblé et tanné par le soleil. S'il n'y avait pas eu la guerre, il aurait épousé une fille du pays, il aurait eu une vigne, un atelier de réparation pour voitures ; le jardin n'aurait pas cessé d'être cultivé. Et sans doute ne serait-il jamais venu à la nuit au bord du gourg pour se perdre dans la contemplation de l'eau noire, comme je suis certain qu'il l'a fait.

— Monsieur Leleu, pour arroser, est-ce qu'il y avait un système de...

Tout est rentré dans l'ordre. Nous avons atteint le grand chemin qui va au village et nous marchons de front. Monsieur Leleu décrit les différentes pompes qui font monter jusqu'aux jardins l'eau du Rieutord. Je l'écoute à moitié, n'ayant posé la question que par un besoin d'échange amical et pour me faire pardonner mes sous-entendus perfides de tout à l'heure, non par curiosité technique ; quant à Céline elle se soucie d'arrosage comme de colin-tampon. Je la surveille du coin de l'œil : pour peu que le père Leleu s'appesantisse outre mesure... Mais non, elle reste sérieuse. Et moi, tout en réglant paresseusement mon pas sur celui des deux autres, j'apprends au passage et loge dans mon imagination que Maria-Pia n'a jamais eu de pompe, que tant qu'elle a cultivé son jardin, elle a pris l'eau dans la rivière avec un seau dont elle déversait le contenu dans les sillons soigneusement tracés.

*

Dans les semaines qui ont suivi, des amis sont venus nous voir, puis les parents de Céline, précédant les miens que nous attendons pour l'automne. Le remue-ménage a poussé hors de la maison les ombres follettes. J'avais retrouvé du travail, pour Bruxelles. Je me levais avant tout le monde, heureux du bienfaisant silence autour de moi. Je me sentais actif, mon travail avançait bien, et en même temps j'étais mou et aboulique; mais cela ne se voyait pas. Monsieur Leleu se joignait à nous le soir en familier de notre courette et des aîtres; il passait par le cellier, j'entendais le bruit sur le ciment des épaisses chaussures qu'il porte hiver comme été. Nos voisins avaient vendu et leurs successeurs, affables retraités et passionnés de photographie, ne m'avaient pas d'abord inspiré d'inquiétude: je ne songeais plus au fenestron depuis que j'avais la certitude qu'Alberto n'avait jamais été dénoncé aux gendarmes, qu'il était réellement retourné en Italie après la mort de Maria-Pia ou plus exactement un peu avant, quand elle s'était sue menacée et qu'elle avait ouvert les portes de la cage à celui que j'appelais désormais son prisonnier. Je n'avais guère le temps de m'y arrêter, mais je commençais à croire qu'il ne s'était rien passé dans le village proche des rives du Po où Alberto avait trouvé à s'employer et que c'était par esprit de possession que sa sœur l'avait fait revenir à Saint-Julien, peut-être avec l'appât, dont elle se leurrait elle-même à demi, d'une révision éventuelle du jugement par contumace.

Un soir que nous étions sous le néflier avec Monsieur Leleu et les parents de Céline, il me sembla percevoir comme un miroitement du côté du fenestron. Puis un autre, et encore un autre.

— Qu'est-ce que c'est ? demande mon beau-père qui regardait dans la même direction que moi. On dirait des signaux.

— Ça doit être leur appareil photo, répond Monsieur Leleu. Ils m'ont raconté qu'ils essayaient de photographier le château au couchant depuis leur fenestron.

— Ils ont donc enlevé toutes ces choses qui barraient l'accès au fenestron ?

On se tourne vers moi : je suis bien renseigné ! qu'est-ce que c'est que ces choses ?

— Je ne sais pas, du bric-à-brac, des choses pour les vers à soie.

— Vous voulez dire des claies ? Ils les ont jetées, je les ai vu les charger dans leur fourgonnette.

Y a-t-il un seul mouvement de ses voisins qui lui échappe, au père Leleu ? Non qu'il épie depuis ses fenêtres, il est tout le temps dehors ! Il tourne, il virevolte, un mot à l'un, un signe à l'autre. Il nous l'a dit, il aime à être « en société ». Ses enfants ne viennent guère et peut-être n'est-ce pas cette *société-là* qui lui plaît le plus, car il n'est jamais autant hors de chez lui que lorsqu'ils y sont...

La conversation reprend autour de moi tandis que, renversé sur ma chaise longue, j'imagine le dispositif derrière le fenestron : pied, bras télescopique, que sais-je, pour arriver à quelque chose comme : *Ruines au coucher du soleil...* Quelle passion idiote que la photo ! j'ai hâte que ces gens revendent et nous fichent la paix. Je le dis tout haut. Regards tournés vers moi de nouveau, interrogations sur les visages : qu'est-ce que j'ai contre ces gens ? Pas bruyants, aimables. Vous ne trouverez pas mieux, Sandro. Aimables! avec un bras télescopique et un œil au bout, officiellement fixé sur le château, mais réorientable sur notre cour: merci pour l'amabilité.

—Sandro déteste l'idée qu'on peut l'espionner, déclare Céline.

J'ai juste le temps de saisir un mouvement à peine perceptible de Monsieur Leleu, un regard qu'il me jette et qu'il détourne aussitôt: il a compris. Un frère, Monsieur Leleu, à travers la différence d'âge. Sauf qu'il est plutôt du côté du fenestron. N'est-ce pas, Monsieur Leleu? —Mais vous aussi, mon cher Sandro. Ce *vous aussi* je l'entends comme s'il l'avait dit— il est en train d'exposer les mérites de l'aramon, cépage préféré des Saints-Juliennais— et c'est vrai, il a raison, comment ne m'en étais-je pas avisé? C'est moi qui installe derrière le fenestron, non un appareil photo peut-être (et encore, pourquoi pas, quoi de mieux qu'une photo comme preuve et comme objet d'examen?) du moins un jeu de miroirs, ce ne doit pas être si difficile, qui permette de voir tranquillement, comme au spectacle, ce qui se passe sous le néflier. Cette fois je suis aux premières loges. Maria-Pia gronde à voix basse parce que son frère ne prend plus aucune précaution: bientôt, mais là c'est moi qui ricane, il *empapaoutera* Fernandino en plein air... Comment se dit-elle cela à elle-même, Maria-Pia, pas empapaouter, cela ne peut être dans son vocabulaire, *sodomiser* non plus, alors quoi? Le mot cru? Non, pas de mot du tout probablement, comme si c'était nécessaire! manie de traducteur... Donc elle gronde en chuchotant, peut-être se remet-elle à parler italien ou à le mélanger au français comme faisait sa mère, dans une espèce de souci inconscient de n'être pas comprise de ceux qui pourraient guetter. Elle pousse Alberto vers l'intérieur de la maison, il baille, s'étire, se laisse faire. Il a épaissi. Les années ont passé, il ne court plus dans les bois la nuit ; s'il emprunte encore l'escalier remaçonné derrière la maison, c'est pour une courte promenade à travers les ruines. Nous ne risquons pas désormais de le trouver à l'oustalet, assis sous les étoiles, silencieux, rêvant peut-être de la mer mêlée au brouillard qui est descendu sur le littoral, en sorte que celui qui marcherait sur la plage pourrait à tout instant s'enfoncer dans les vagues sans les voir. L'homme que j'ai sous les yeux ne rêve plus à rien. Et c'est ainsi qu'elle l'a voulu, elle, Maria-Pia. Moins facile à domestiquer que Fernand. Il a fallu un incroyable concours de circonstances, rien moins qu'une guerre en lever de rideau ; mais le fauve est maintenant à la maison. Dompté, non. Captif. Elle n'avait plus qu'à prévoir sa propre mort à elle, car celle d'Alberto, si elle était survenue avant la sienne... eh bien oui, certainement elle aurait enfoui son frère dans ces galeries auxquelles notre cellier donne accès ; même si je n'ose évoquer à voix haute une perspective qui déclencherait à nouveau chez Céline une fièvre d'exploration tout à la fois macabre et ludique. (À tout hasard j'écris à son intention dans le fichier *Alberto* que j'ai ouvert sur son conseil : *Aucune chance qu'Alberto soit dans le cellier, il est bien mort à Novara ;* et quelques jours plus tard je trouve à la suite de cette assertion : Dommage. Ma Céline ! n'y a-t-il pas assez de squelettes comme ça dans nos placards ? *Ton* placard, corrige-t-elle. Sans doute a-t-elle voulu plaisanter, mais c'est comme si elle m'avait donné sur une dent malade une chiquenaude qui aurait envoyé dans mon cerveau une fusée de douleur.)

Si Fernand a couru chercher de l'aide quand sa sœur s'est effondrée dans l'escalier, c'est qu'Alberto n'était plus là. Quand, comment est-il parti ? Mystère. Monsieur Leleu suppose que Fernand l'a emmené en moto, de nuit, à la ville où il aura pris le train jusqu'à la frontière. Et là, il n'était pas si vieux, il pouvait encore passer en Italie à pied, comme autrefois, du côté du col de Tende, où il y a désormais du tourisme, des promeneurs, des randonneurs, avec lesquels on ne saurait confondre ce reclus tiré de son oubliette, ce hibou qui cligne des yeux dans la lumière, mais qui s'en soucie ? Il n'y a plus de liberté pour Alberto, même s'il a retrouvé celle de mettre un pied devant l'autre à son gré. Au même moment, je veux dire : au moment où il avance sur les pentes couvertes de mélèzes, Maria-Pia trébuche dans l'escalier, glisse, tête renversée, déjà morte, les yeux ouverts et fixes. Ils se sont quittés peu auparavant, sans effusion, comme à leur ordinaire, comme au temps où il descendait du maquis pour prendre les provisions et le linge qu'elle lui avait préparés. Des années et des années l'un contre l'autre à ne pouvoir remuer sans se rencontrer face à face ; et il tourne le dos, taciturne. J'ai dit qu'elle avait ouvert les portes de la cage, mais même pas : elles étaient ouvertes, il suffisait de les franchir. Alberto sort de la maison derrière Fernand qui pousse sa moto à la main de façon à ne pas faire de bruit. Une heure plus tard les deux frères sont devant la gare où tout est clos encore. Allez, adieu, Fernandino, tu retournes, pas la peine d'attendre. Peut-être qu'il a hâte d'être seul. Il y a des années qu'il aurait dû partir. Aujourd'hui l'espace, autrefois si vaste devant lui, se réduit à l'étroit ruban de sol qu'il foule et sur lequel il tient son regard : c'est un vieil homme, finalement. Fernand a embrassé son frère, il a enfourché sa moto et il est parti en pétaradant dans les rues ensommeillées.

Est-ce ce soir-là ou un autre semblable que nos voisins photographes se sont présentés, souriants, chargés d'une bouteille de muscat et d'un pot de je ne sais plus quelles fleurs à rempoter ou replanter ? Tous ces soirs sous le néflier se confondent pour moi : trois personnages-pivots, Monsieur Leleu, Céline et moi-même ; des comparses variables ; puis les absents, les invisibles, qui vont et viennent, disparaissent, réapparaissent, et il ne s'agit pas seulement de nos prédécesseurs dans la maison, de Maria-Pia et ses frères, mais aussi de nos proches, les parents de Céline, ma mère qui n'est pas encore venue mais dont j'ai une vision anticipée, sur une chaise longue abritée par la treille naissante, le visage comme toujours un peu triste et qui tantôt me chagrine, tantôt me jette dans une fureur secrète. Ma chère mère ! lui dis-je en moi-même, puis-je savoir pourquoi tu m'infliges ce visage ? pourquoi tu n'as pas l'air gai, comme ton mari, comme ma femme ? ce qui est passé est passé. Elle ne me répond jamais. Autant il m'est facile d'imaginer la réplique sur les lèvres du père Leleu, de Céline, autant les siennes demeurent désobligeamment fermées. Je me lasse alors, je me détourne : qu'elle reste, après tout, recluse dans ses pensées.

Me voilà avec cette plante en pot dans les bras, démentant par un sourire hypocrite les propos précédemment tenus sur nos voisins et conscient du regard ironique de Céline. Elle éclate presque de rire quand nos hôtes déclarent modestement pratiquer la photographie comme un simple *hobby*. Ah ! répète-t-elle, un *hobby*... et ses regards vers moi se font plus ironiques encore. Après leur départ je me laisse tomber sur un fauteuil, gémissant que *hobby* passe mes forces, que des gens qui ont à la fois un *hobby* et un fenestron sur notre vie privée ne peuvent être que des imbéciles dangereux.

Attelé à la traduction d'un flot de textes continûment émis par Bruxelles et dont la relative variété de sujets n'empêche pas l'ennuyeuse vacuité, il m'arrive, par récréation, de retourner au roman que j'ai traduit pour Milan, seul ouvrage de fiction que l'on m'ait confié jusqu'à présent. Je m'y promène avec plaisir, je l'arrange à ma façon et comme je conserve les ajouts et modifications que j'y apporte sans me soucier du contexte général, j'ai maintenant à ma disposition dans la mémoire de mon ordinateur un étrange monument, sorte de pendant littéraire au palais du Facteur Cheval, à la réserve près que mon œuvre à moi pourrait s'annuler en un clin d'œil, sur simple pression de la touche adéquate. Alberto y est présent. Je dirais même qu'il y circule comme chez lui désormais, après les premiers pas où il aura fallu le guider, l'introduire par exemple à Villeneuve-lès-Maguelone chez la mère du jeune mort assise comme d'habitude près de sa fenêtre ; car il me paraissait *moral* qu'il se montre chez elle bien qu'il soit trop tard, beaucoup trop tard, pour qu'il lui raconte enfin ce qu'il a vu. À la faveur de mes arrangements et réarrangements Alberto prend ses aises ; je le trouve là où je ne me rappelle pas l'avoir mis, souvent narquois —il sait que je suis jaloux de lui— parfois méditatif. Il évince peu à peu les protagonistes du livre ou s'enfle de leurs personnalités, des événements de leurs vies. À cause de lui et aussi parce que l'ouvrage où je le promène est un hybride biscornu, je l'ai nommé, cet ouvrage : le Monstre. Et je l'ai dissimulé dans mes fichiers sous un titre anodin tiré de la paperasserie bruxelloise : je n'avais pas envie que Céline et le Monstre se rencontrent nez à nez. Premier accroc au pacte de libre circulation entre nous des idées et de l'imaginaire ? Ah ! *premier* accroc...

Nous ne sommes guère allés à la mer cet été-là : les parents de Céline n'apprécient pas la baignade. De temps à autre, entre deux traductions fastidieuses, je refais en esprit le parcours d'Alberto le long des étangs salés : les roseaux, le brouillard, la vase ; j'arrive à la passerelle sur le canal : pas de passerelle. J'oublie toujours qu'elle n'a été construite que longtemps après. Autrefois, venant de Villeneuve, on traversait le canal sur une gabare manœuvrée par un manchot. C'est ce que dit mon auteur et je ne vois pas pourquoi sur ce point je ne la croirais pas, encore qu'il semble étrange de confier à un manchot une embarcation qu'il faut pousser avec une perche. Cela donne à la scène un je ne sais quoi de mythologique : que ne feraient les

Dieux même avec un seul bras... Sur l'autre rive, là où se tenait la sentinelle allemande, le petit train bariolé attend les baigneurs. Il va contourner d'assez loin la cathédrale, invisible dans ses acacias et ses pins, et déverser sur la plage son contingent de vacanciers : familles, mais aussi nudistes. Sur tout cela mon habituelle source d'informations, Monsieur Leleu, ne me sert pas à grand chose, enfermé qu'il a été sa vie durant dans son bureau de poste et de toute façon peu soucieux de loisirs marins.

Je me retourne : Céline est là, bâillant, presque nue.

— Tu t'es levé bien tôt, dit-elle.

Je n'ai pas eu le temps de faire disparaître le Monstre. Mais elle ne prête pas attention à l'écran et je soupire de soulagement quand elle me prend par la main pour m'entraîner vers la cuisine. Une seconde il m'a semblé que... oui, que ce n'était pas à des mots que je tournais le dos, mais à une image, une image sur l'écran de mon ordinateur, qui aurait la propriété de transmettre instantanément à qui la regarderait la nature tout entière du Monstre, dans ses paradoxes, le frémissement de ses désirs et les abîmes de ses indifférences. Il m'apparaît alors... mais comment dirai-je ces choses ? que je dois entrer, bien que freinant des quatre fers, dans le labyrinthe que j'ai tracé moi-même et que je ne connais pas, pas plus que je ne connais les détours et les profondeurs de la vertigineuse mémoire contenue dans la petite machine sur mon bureau — esclave, scribe accroupi attendant les ordres, innocence d'un regard levé et docile, et derrière ce visage lisse comme un miroir et supposé ne vous renvoyer qu'un reflet de vous-même, comment savoir de quelle liberté jouit le Monstre et ce que je vais trouver que je croirai être sûr de n'avoir jamais inventé quand je reviendrai à lui ?

— Sandro *sandrissimo...*

— Oui ?

À quoi pense-t-il, le Sandrissime, nez dans son bol de café ? Mon amour, à rien du tout. Je me demandais simplement... Quel langage parlait-elle, cette Maria-Pia ? Je veux dire... Ne te fâche pas, nom d'une pipe ! quand je pense que bientôt il y aura ici ma mère... Ce que ça signifie ? mais mon petit, ça signifie ce que je dis, il faudra vous supporter toutes les deux, voilà tout. Toutes les *trois ?* là tu exagères. Bon, je voulais dire simplement : *l'ordre* du langage, c'est capital, alors quelle sorte d'ordre elle mettait dans sa vie, Maria-Pia, avec son langage ? voilà ma question. Pas de réponse possible, sinon que ce n'était certainement pas le mien. Et le mien n'est pas tout à fait le tien, etc.

— Mais ils sont très proches.

Oui, oui, évidemment, rien à voir avec la distance qui nous sépare, l'un et l'autre, de Maria-Pia et des siens, et, tant qu'on y est, de la plupart des indigènes de Saint-Julien. Là-dessus je me tais parce qu'il me paraît ridicule (dangereux ?) de confesser à Céline que le point de départ de tout cela, c'est : quel nom Maria-Pia donnait-elle aux exercices nocturnes de ses frères ? Trop facile de décréter qu'elle s'en passe. Et sur ce genre de choses, Monsieur Leleu n'est pas consultable.

— Finalement, me dit Céline qui a suivi ses propres pensées, tu appréhendes la venue de ta mère...

Sans doute. Déjà, comme à un dérivatif nécessaire, j'ai recours à ce que j'appelle *le rêve de Maguelone.* Maguelone avant le train bariolé et les nudistes, avant Alberto, avant la sentinelle allemande, avant nous tous, quand non seulement nous n'existions pas, mais que nous n'étions même pas prévisibles. Maguelone au temps de son Christ de pierre et comme si le véritable Christ, le Christ vivant, était plus proche de ce temps-là que du nôtre, ce qui est pure illusion d'optique. Ou même avant encore : quand il y avait des comptoirs phocéens et grecs sur les côtes, quand Rome était une bourgade. À moins qu'au contraire cette Maguelone que je vois en rêve ne soit celle de l'avenir, en avance de centaines, de milliers d'années : n'est-elle pas bâtie pour défier les millénaires ? Elle sera là quand tout se sera renouvelé autour d'elle, quand il n'y aura plus une parcelle de terre que nous aurons vue ou foulée, que la courbe de la plage ne sera plus la même ni peut-être la couleur des choses. Ni les arbres. Rien de ce que nous aurons connu. Le Monstre n'aura jamais été.

— C'est agréable d'avoir tes parents, mais la plage me manque un peu.

— La mer est mauvaise pour toi, répond-elle d'un ton léger.

J'ai entendu : *ta mère* est mauvaise pour toi, et j'ai approuvé du chef. Cela me donnait une espèce de plaisir puéril d'avoir la complicité de ma femme face à ma mère.

IV

Entre le départ des parents de Céline et l'arrivée des miens, nous n'avions qu'un court répit : quelques semaines où nous avons joui de la liberté dont nous avions été privés (« ce sera pire avec les miens, si, si, tu verras ») et repris possession de la maison. Nous seuls : plus de partage des lieux, Maria-Pia et ses deux acolytes se sont envolés. J'écris dans le cahier d'Alberto, de sa part et à notre adresse : Bonne chance, on vous laisse la place. Réponse presque immédiate de Céline : Pas trop tôt ! Ils étaient encombrants, dit-elle. Ce qu'elle ne sait pas, c'est que la maison et ce Monstre dont elle ignore l'existence fonctionnent comme des vases communicants : lorsque la première se vide, le second grossit d'autant. Mais j'ai, à tort certainement, l'impression de tenir ce dernier à peu près en laisse tandis qu'Alberto évoluant dans la maison en chair et en os, si je puis dire, m'effrayait par son irréductible indépendance. Surtout j'en avais assez qu'il lorgne ma femme, grief que je garde pour moi, car elle ne veut pas l'entendre. Un jour à des amis qui me plaisantaient elle a dit : Jaloux, Sandro ? Mais non, il boude parce qu'il veut participer, c'est tout. Perspicace, ma Linotte. Le Monstre me chuchote à l'oreille que c'est moi qui l'ai instruite sur moi-même alors que l'inverse n'est pas vrai, qu'elle a toujours été, quel est le mot ? prudente en ce qui la concerne. Oui, qui est-elle au fait ? Je l'ai introduite dans la demeure du Monstre et compte sur la diversité des éclairages que j'y manipule pour m'apprendre ce qu'elle ne dit pas : après tout, nous ne sommes jamais les auteurs de notre propre image, pourquoi serais-je moins bon montreur de marionnettes que d'autres ? et pourquoi me refuserais-je la satisfaction de conduire la femme que j'aime dans les détours de mon labyrinthe, elle qui m'entraîna naguère au pas de course sur la colline à la suite de ce fou d'Alberto ? Désormais et à son insu elle appartient à un livre qu'elle ne connaîtra jamais ou plutôt dont elle ne connaît que la version première, celle dont Alberto est absent et où il n'y a eu personne, aussi loin que porte le regard, pour assister au meurtre du garçon au carrelet : en ce temps-là les plages étaient interdites aux baigneurs ; s'il s'y découpait une silhouette, c'était celle d'un soldat.

Nous profitons des douceurs de l'été déclinant pour aller à Maguelone dans les fins d'après-midi. C'est l'époque où les plages sont désertes, le petit train a regagné son hangar d'hivernage. Tandis que, pantalon retroussé jusqu'aux genoux, je trempe frileusement mes pieds nus dans l'ourlet des vagues, Céline nage audacieusement vers le large. Je suis du regard sa tête de plus en plus petite qui apparaît et disparaît dans les moutonnements de la mer, me souvenant de ce jour d'automne où je l'avais crue noyée, revivant l'angoisse qui m'avait saisi ; je m'efforce de ne pas la perdre de vue, de garder les yeux fixés sur le point où elle semble s'engloutir pour la retrouver là où elle resurgit. Mais la distraction s'empare de moi, irrésistible comme un accès de sommeil. Plus Céline s'éloigne et plus mes yeux se ferment à la réalité, plus il m'apparaît que je suis retourné à l'époque indéfinissable de mon rêve ; je sens derrière moi, alors même que la cathédrale est complètement invisible de l'endroit où nous sommes, la présence toute proche de son Christ bénissant. Le linteau sur lequel est posé son trône porte une inscription que j'avais traduite pour Céline la première fois que nous sommes venus: *Quidquid peccatur, lacrimarum fonte lavatur: Quel que soit le péché, il est lavé par la fontaine de tes pleurs.* Et les larmes se mettent à couler sur mes joues.

Un peu plus tard nous traversons la passerelle sur le canal pour retrouver notre voiture que nous avons laissée sur la digue de Villeneuve. J'avais la main sur la portière, quand une intuition m'a arrêté. J'ai levé les yeux: le soldat était *là,* sur la berge opposée à nous, dos tourné au soleil couchant, ombre chinoise irradiée de rouge.

—Attends, dis-je à Céline, je reviens.

Il faut que je voie son visage. J'avance vers le canal, je m'engage sur la passerelle: plus de soldat. Je reviens vers Céline.

— Il me semblait avoir vu quelque chose...

Elle ne pose pas de question. Elle s'est mise au volant, nous démarrons. Le visage, finalement, je l'imagine : celui d'un paysan quelconque, fruste, à qui on aura dit de tirer sur tout ce qu'il verrait bouger dans le voisinage du canal. Nous le laissons derrière nous, ainsi qu'Alberto dont j'ai entendu le souffle tout à l'heure, à ma gauche, dans les roseaux.

*

Et mes parents sont là. Mon père sous le néflier comme s'il y avait de tout temps ses habitudes, ma mère comme je me l'étais représentée, sur une chaise longue, sous la treille. Peut-être est-elle moins mélancolique et lui moins facétieux que je ne l'attendais, à croire que leurs nombreuses années de compagnonnage ont rapproché leurs caractères.

— La sérénité du grand âge, voilà ce qui nous rapproche, dit mon père.

Mais il ne peut s'empêcher, en le disant, de plisser malicieusement les yeux : dût-il vivre jusqu'à cent ans, mon père ignorera toujours qu'il est un vieil homme. Ce qui m'agace un peu, pas trop, pas autant qu'avant. Nous sommes dans les mollesses de la paix familiale. Monsieur Leleu, qui nous rend sa quasi quotidienne visite d'après-dîner, s'y installe avec béatitude sans songer, apparemment, que s'il s'esquive dès que ses enfants débarquent chez lui, c'est qu'il n'y a pas de milieu dans la vie de famille entre l'ennui et le drame.

— Ce sont des gens venus d'Italie qui ont occupé

cette maison avant votre fils, dit-il à mes parents. Enfin, il y a des années. Après eux, il y a eu plusieurs autres locataires qui se sont succédé.

Mes parents n'accordent à l'information qu'un intérêt poli, mais moi je suis tiré de mon demi-engourdissement :

— Qu'est-ce que vous voulez dire ? Maria-Pia n'était pas propriétaire ?

— Maria-Pia propriétaire ? Elle aurait acheté avec quoi ? Non, c'était des gens d'ici, les grands-parents de ceux qui vous ont vendu la maison. C'était toujours resté dans la même famille.

Quel étonnement ! Ainsi Maria-Pia et ses frères n'ont été que des locataires parmi d'autres, dans une succession d'anonymes qui auraient peut-être autant qu'eux mérité notre attention, qui en tous les cas troublent notre tête-à-tête exclusif. Ces murs étaient pour eux des murs de hasard, substituables et substitués à d'autres sur la simple expiration d'un bail ; leurs meubles et eux-mêmes, leurs propres personnes, susceptibles d'un autre environnement ; et de même leur histoire, qui m'avait paru liée si intimement à la courette, au cellier.

— Bon, me dira Céline ensuite, quand on a acheté, tu répétais tout le temps qu'on pouvait revendre du jour au lendemain, qu'on n'était pas marié à une maison.

Je disais cela ? Oui, peut-être. Mais ce qui est vrai pour nous ne l'est pas nécessairement pour Maria-Pia. Et puis ces autres locataires... Ils me dérangent. Ils sont, comment dire ? décourageants. Qu'est-ce qu'on va bien pouvoir en faire ?

— La maison a quelque chose comme cent cinquante ans, répond-elle, évidemment qu'il s'y est passé des quantités de choses que tu ne sauras jamais.

Évidemment. C'est une maison comme les autres, voilà tout, j'avais raison de dire qu'on la revendrait quand on voudrait. Le soir, dans la courette, fatigué par ma journée de travail, je m'endors dans mon fauteuil en face de ma mère. Au-dessus de nous le fenestron est désormais aveugle ; nos voisins, avec lesquels mes parents ont lié amitié, ont renoncé à l'utiliser pour photographier les ruines : trop étroit, trop profond. Est-ce que tout cela a duré des semaines comme je crois en avoir le souvenir ? mes parents, Céline et moi, Monsieur Leleu souvent, quelquefois les voisins. Parfois j'ai été seul, me semble-t-il, avec ma mère : où étaient Céline et mon père ? d'autres fois seul avec elle, ou seul avec Monsieur Leleu : où sont les autres ? Et un soir seul avec mes parents, car Céline était montée dans son bureau pour terminer un travail : c'était donc une fin de mois, moment rituel des encombrements comptables. J'avais beaucoup travaillé dans la journée moi aussi, je bâillais. Mon père me regardait avec un air qui m'apparut comme de vague compassion et qui soudain m'irrita.

— Bon, oui, j'ai sommeil, on a le droit après une dure journée.

Il a eu un petit rire. Sandro, ne sois pas susceptible. Supporte. D'accord, cette vieille baderne ne fait qu'une confiance modérée à tes talents amoureux, si, si, bien sûr, je le connais, c'est ça que signifie son petit rire égrillard. Il ne prend pas de risques : ma mère ne me fera pas de confidences sur la façon dont il l'honorait au lit. Bouche cousue, ma mère, inconditionnellement de son parti à lui, toujours. Enfin ils ne sont plus là pour longtemps et quand ils seront retournés en Italie... Eh bien je ne sais pas, je crois que le mieux serait qu'on y aille nous plutôt que les avoir ici, d'ailleurs ils n'aiment pas tant que ça les voyages.

Rasséréné par cette perspective, j'ai fait tout haut une réflexion banale sur la couleur du ciel. Mais leurs pensées avaient cheminé entre temps et apparemment dans une même direction.

— Cela fait déjà... quoi ? trois, quatre ans que tu vis avec Céline, dit ma mère, vous n'avez pas l'intention...

— De faire un enfant ? complète mon père.

— Pardon ?

Elle recule aussitôt :

— Ce qu'on t'en dit, tu sais...

Mais c'était trop tard. Je ne peux m'en souvenir sans honte : la colère m'a submergé. Je me suis tourné vers ma mère et j'ai crié :

— Tu veux un remplaçant à Aldo, hein ? Tu veux que je te fabrique un Aldo numéro deux, c'est ça ? Je sais bien ce qu'il y a dans ta tête ! Tu te dis : il me le doit !

Un remplaçant, a-t-elle murmuré, Sandro, qu'est-ce que tu veux dire, un *remplaçant*...

Mon père, silencieux, paraissait horrifié : au moins, me dis-je avant de me calmer tout à fait, aurai-je pour une fois provoqué chez lui une émotion forte... Peu à peu nous avons repris contenance eux et moi. Nous en sommes restés là. C'est toujours la même chose avec mes parents, ils se taisent. Depuis plus de quinze ans. Muets comme des carpes, comme deux vieux poissons rouges qui tournent dans leur bocal et qu'on trouvera ventre en l'air un beau matin sans qu'ils aient seulement rêvé d'une autre façon de bouger que leur petit manège, à coups de queue prudents le long des parois de verre.

Mon père avec ses airs de liberté aimable : poudre aux yeux, bluff. Et elle derrière lui, jamais un écart, une sujétion aveugle, même pas par amour : est-ce qu'ils s'aiment ? par habitude, manque d'audace, étroitesse, inappétence, impuissance de l'imagination. Le bocal : plus sûr, de beaucoup, que la courette où venait respirer Alberto. À condition de ne pas en sortir, de faire semblant toute sa vie. Faire *comme si* les gestes, les attitudes, les mots correspondaient chacun à des morceaux de vérité. Mon père, très doué pour ce genre d'imposture, bien plus qu'elle qui du moins aura vite cessé de jouer la femme satisfaite. Elle s'enfonce dans la tristesse, ma mère. Je lui en veux d'ailleurs. Ma chère mère, pourquoi ne te donnes-tu pas la peine que se donnent la plupart des femmes d'un peu d'hypocrisie, un peu de maquillage sur le chaos de leurs humeurs, leur préférence éhontée pour tel ou tel de leurs enfants, leur frustration dans les bras de leur mari, toutes les frigidités de leur existence. J'en passe. Pourquoi n'as-tu pas retrouvé l'air gai que tu avais, il me semble, autrefois, quand tu nous emmenais Aldo et moi jouer dans le parc Sempione derrière le château des Sforza ? J'essaye de me souvenir. Je ne voyais pas de différence entre nous et les autres, les autres mères, les autres enfants. Étais-je différent ? Mais non...

Ils sont repartis pour Milan quelques jours plus tôt que prévu sous le prétexte de je ne sais quel rendez-vous d'affaire. J'avais du travail en retard, Céline aussi. Nous avons été très occupés chacun dans notre bureau. Mais de temps en temps je prends une récréation avec le Monstre. Je pointe au hasard de ma fantaisie dans l'une des ramifications du labyrinthe, tout en rêvant de me fabriquer une espèce de plan/table des matières qui me permettrait d'être instantanément là où je le désire. Peut-être, si ces ordinateurs étaient moins stupides, pourrais-je me donner une sorte de vue d'ensemble du Monstre qui ne serait pas seulement un répertoire cartographique de ses portes d'accès, mais procurerait une impression anticipée, pour chacune d'entre elles, de ce sur quoi elles ouvrent. Ainsi aurais-je dans les narines, avant même de voir sur le seuil de l'épicerie ou dans une ruelle le vieux messager et garçon de courses de Maria-Pia et d'Alberto, Fernand, une odeur annonciatrice, celle d'un pantalon de velours à côtes douteux et d'un corps mal lavé ; mais aussi, plus subtil, particules en suspension dont on ne sait par quel sens elles vous atteignent, le sentiment d'un mélange de pensées malsaines et d'indestructible innocence. Et ce serait, cette contradiction, comme la signature de Fernand, qui renverrait à la fois et dans la même seconde à ce vieil homme et au garçon aux yeux de fille qui croyait encore possible de protester contre la tyrannie de ses aînés. J'ai une grande pitié pour Fernand. Je suis persuadé qu'il n'était nullement le simplet que certains disent, même s'il n'a guère appris à l'école autre chose que lire et écrire. Ce sont les deux autres qui l'ont étouffé. Nous avons trop pris l'habitude de voir par les yeux de Monsieur Leleu, qui n'a pas beaucoup de considération pour Fernand. Il est temps, dis-je au Monstre, de diversifier nos sources ; de retrouver ceux qui, au début, nous ont parlé de la sœur et des deux frères en des termes que nous ne comprenions pas vraiment, ignorants que nous étions de toute l'histoire, et qui aujourd'hui nous permettraient de recouper les assertions de notre informateur quasi unique. Mais sur ces gens, malheureusement, le Monstre est muet. Le Monstre est une masse de plus en plus pesante et boulimique, gros ver à soie qui ne consentira à cracher son précieux fil que gavé à éclater. J'envisage une seconde de recourir à Céline: tu te rappelles ce type, je ne sais plus si ce n'était pas un plombier, dont le père était à l'école avec Fernand ? Qu'est-ce qu'il nous avait raconté, tu te souviens ? Mais elle a du travail, elle ne vient plus aussi souvent me déranger du mien en me soufflant dans le cou: *amore*... Alors je renonce, je retourne à mon écran et avant de renvoyer le Monstre dans son fichier, je me sers de lui comme d'un pense-bête: ne pas oublier de dire à Céline, comme incidemment, qu'elle fera certainement la connaissance d'Aldo la prochaine fois que nous irons en Italie. Elle ne l'a encore jamais rencontré. À l'époque où nous y allions régulièrement, Paola et lui vivaient en Argentine ; et nous ne sommes pas retournés à Milan depuis qu'ils sont revenus.

Mais je n'ai pas eu besoin de pense-bête, Céline m'a devancé. Ma mère l'avait pressée de venir à Milan dès que nous le pourrions: quand je pense que vous ne connaissez même pas encore Aldo et Paola, etc.

— Étrange.

— Qu'est-ce qui est étrange, *caro mio ?* Que ta mère nous invite ? Sandro ! dis-moi la vérité : tu n'as pas envie de revoir ton frère, c'est ça ?

— Mais non, pas du tout, ce n'est pas du tout ça. Pourquoi n'aurais-je pas envie de revoir Aldo ?

Je mens. Je mentirais la tête sur le billot plutôt que de dire la vérité à Céline et à qui que ce soit sinon au Monstre, qui la cachera dans le repli le plus anonyme de son labyrinthe. Non, je n'ai aucune envie de voir Aldo ou plus exactement je n'ai aucune envie de voir le type qui a pris la place de mon frère après que j'ai poussé celui-ci, le prenant de dos par surprise, dans le bras mort du fleuve plein d'herbes et de vase où on était venu pêcher des grenouilles. Mais je sais bien que je ne pourrai pas faire autrement que le revoir ; cela fait des années et des années que cela dure, cette hypocrisie, pourquoi aujourd'hui plutôt qu'hier déciderais-je que je ne peux plus la supporter ? Au contraire : maintenant qu'il y a Céline et Paola, elle se dilue, d'une certaine façon, dans une hypocrisie plus générale, lubrifiant obligé de nos rapports sociaux.

— J'ai dit « étrange » parce que justement j'envisageais un voyage à Milan dès qu'on aurait un peu moins de travail.

En même temps je pensais : dommage, quel dommage que Milan ne puisse rester cette ville imaginaire qu'elle était en train de devenir, processus à peine altéré par la présence parmi nous de mes parents, même s'ils nous ont apporté, collée à leurs personnes, un peu de la réalité citadine telle qu'on la respire dans le voisinage de la Porta Romana, saturée de bruits de voitures et d'odeurs d'essence brûlée ; dommage qu'il faille renoncer à cette ville nocturne qui surgissait dans ma mémoire quand je prononçais ce mot, *Milan,* celle que j'avais traversée avec Céline un soir au milieu d'ivrognes et de malfaiteurs affamés d'elle qui me semblaient, aujourd'hui, avoir été derrière nous comme la frange sans cesse renaissante et sans cesse retombée de désirs criminels peu dangereux, finalement, mais qui sur-le-coup m'avaient fait grand peur. Au moins, m'étais-je dit, si elle est pour de bon inscrite dans l'avenir la scène où Céline est la proie de ces voyous, au moins ne la verrai-je pas, allongé que je suis sur le trottoir, yeux fixes, un couteau dans le cœur. Pas plus, grinçante hypothèse, que je ne verrai, à supposer qu'elle ait lieu, l'autre scène d'un autre possible avenir dans lequel Céline s'éloigne au bras d'un malfrat chef de bande sans un regard pour le Sandrissime couché sous les étoiles... Bref il faut abandonner ces visions et reprendre le fil du discours là où il s'est interrompu : sur le seuil de l'appartement de la Porta Romana à la fin de notre dernier séjour, quand nous avons dit au revoir à mes parents et saisi nos valises. En un sens rien ne se sera passé entre ce moment-là et celui qui nous attend, que je crois inéluctable, celui qui nous verra sur ce même seuil poser nos valises et attendre l'ouverture de la porte pour embrasser mes parents.

— Qu'est-ce que tu dis, pourquoi « rien ne se sera passé » ?

Avec toi, ma Céline, tu sais bien, je pense à voix haute. Mais ça serait un peu long et fastidieux de *tout* dire.

Tenons-nous-en à l'essentiel. Dans quelques semaines nous ferons ce voyage à Milan qui te permettra de rencontrer Aldo, mon petit frère, le *fratellino* com-me disait ma mère au temps du parc Sempione : elle nous parlait toujours en français à l'exception de quelques mots dont celui-là, *fratellino.* Celui par lequel la *mamma* désignait Fernand lorsqu'elle le re-commandait à la protection d'Alberto, à la différence près que ma mère n'a jamais pris ce ton geignard et criard à la fois qu'affectionnent les mamma des milieux populaires : ma mère est une bourgeoise. Il n'empêche, dans son *fratellino* j'entendais très bien l'harmonique d'un gémissement anticipé qui me chargeait à l'avance de tous les crimes que je ne manquerais pas de commettre à l'encontre de mon frère si je ne les commettais pas déjà, toutes mes petites exactions et tyrannies, toutes les querelles terminées par l'énoncé plus ou moins brutal de la loi de l'aîné ; le pain quotidien des frères, somme toute. Pourquoi y a-t-elle attaché de l'importance, pourquoi a-t-elle été si pusillanime, si puérile, une petite fille qui défend sa poupée ? Sotte qu'elle était, mère imbécile, incapable de voir plus loin que le bac de sable où Aldo faisait des pâtés, apeurée quand je lui envoyais mon ballon à la tête... Je rêvais d'une mère à la romaine et voilà.

— Oh... Sandro *sandrissimo,* une mère à la romaine, c'est bien ce que tu as dit ?

Bon. J'aurai essayé, mais c'est tout bonnement impossible : je ne peux pas dire la vérité à Céline, elle ne la comprendrait pas. Tant pis, la vie est faite de compromis. elle ne saura pas que l'homme qu'elle va rencontrer à Milan, le mari de Paola avec laquelle il déjeune tous les dimanches chez mes parents à la Porta Romana, cet homme n'est pas mon vrai frère. Cela la ferait rire sans doute et elle resterait incrédule si je le lui disais : mon vrai frère s'il faut que j'en aie un, c'est, malgré une certaine répulsion qu'il m'inspire, Fernand. Non pas le Fernand des jeunes années dans l'éclat de son adolescence, mais le vieil homme qui prend Alberto sur sa moto pour le conduire à la ville. Est-ce que dans sa tête rustique a pénétré l'idée qu'ils allaient se séparer pour toujours ? Emboîtés sur la machine, les deux frères traversent le vignoble qui se découvre, rangée après rangée, dans la lumière du phare. Pas d'autoroute encore en ce temps-là, mais une nationale étroite, sans bas-côtés, qui se transforme en rue principale dans les villages où, renvoyée par les murs, la pétarade de la moto éclate comme un tonnerre ; mais les chiens n'ont pas le temps d'aboyer que le fracas s'éloigne déjà. La vigne de nouveau, puis un renflement de colline, un morceau de garrigue où le phare fait surgir des chênes verts et des touffes d'asphodèle. La nuit est très noire : elle engloutit si complètement la campagne derrière eux que c'est comme s'ils l'effaçaient au fur et à mesure de leur passage.

Ils n'auront pas échangé un mot sans doute. Ce n'est pas dans leurs habitudes de se parler sinon pour des choses toutes pratiques ; et le souhaiteraient-ils que le bruit de la moto les en empêcherait. Mais sûrement ils n'ont rien à se dire. Ils ne se reverront plus, mais c'est moi qui les projette dans cet avenir où leur séparation est aussi définitive que si l'un des deux était mort. Pour eux l'avenir c'est cette route sur laquelle ils avancent, la vigne ou la garrigue fugitivement apparues, replongées aussitôt dans l'obscurité, la ville au bout de tout cela ; et pour Fernand cette même route tout à l'heure, en sens inverse, dans la blancheur de l'aube, tandis qu'Alberto sera emporté vers l'Italie. Pas de phrases, un simple adieu, une étreinte sans émotion. À peine s'ils se sont regardés, c'est moi qui les arrête dans un face à face qui n'a pas eu lieu, au moment où passe sur le visage d'Alberto une expression indéfinissable, de la tristesse, de l'affection peut-être.

—Allez, adieu, Fernandino.

Adieu, adieu, Aldo. L'enfant qu'un pêcheur accouru arrache à la vase en l'attrapant par les cheveux n'est plus Aldo. C'est fini. Il a cessé ce jour-là d'être mon frère. Et c'est un mot que très longtemps je n'ai pas pu prononcer en parlant de lui. Le pêcheur n'avait rien vu d'autre qu'un enfant en train de se noyer, et après seulement un autre enfant, plus âgé, debout sur la berge, paralysé. Je ne pouvais bouger ni émettre un son. Frappé d'immobilité comme dans quelque horrible conte. Est-ce que ma mère a essayé de comprendre ? Mais non, non. Elle n'a pas posé la moindre question, comme si seule comptait ce qu'avait dit Aldo. Je ne sais même pas ce qu'il a dit ! Des années durant il a eu peur de moi. Nous sommes restés dans la même chambre, son lit d'un côté, le mien de l'autre et nous avons suivi l'exemple de mes parents, faire comme si de rien n'était. Après tout, me dis-je à moi-même, après tout, Alberto dans son cahier (ou dans ce que j'en ai reconstitué) quand il raconte l'histoire de cette barque en perdition sur une rivière, en Allemagne, avec deux personnes dedans, lui aussi il a été frappé d'une espèce de paralysie alors qu'il voulait courir à leur secours, appeler à l'aide, qu'il se voyait le faire. Il n'a rien fait. Et peut-être les deux personnes un peu plus loin ont basculé hors de la barque et se sont noyées. Alberto a retrouvé l'usage de ses membres, il a ramassé son savon, remis pantalon, chemise et chaussures et il est allé rejoindre son cantonnement. Que je sache, il n'a rien dit à personne. Il est vrai qu'à cette époque deux corps de plus au fil de l'eau ne suscitaient pas de compassion particulière. Et sûrement Alberto avait sur la conscience, comme beaucoup de ses compagnons sans doute, un ou deux morts de trop, des civils peut-être sur lesquels il avait déchargé son arme avant de les avoir vraiment vus... Pourquoi ces deux-là sur leur barque étaient-ils restés dans sa mémoire ? Parce que leur mort paraissait si gratuite ? Parce qu'ils l'avaient appelé ?

Aldo m'a-t-il appelé ? Je ne crois pas. Il avait déjà de la vase dans la bouche. Il s'est enfoncé très vite, la stupeur ou je ne sais quoi d'autre l'empêchant de se débattre : quelques secondes et il n'y avait plus que ses cheveux, et cette bouche entrouverte pour crier et qui ne criait pas. Peut-être que notre mère, *avant,* ne l'avait pas tant que cela préféré à moi ? Quoi qu'il en soit, nous n'aurons pas eu cette chance qu'ils ont eue, les deux frères, Alberto et Fernand, de se quitter dans la paix d'une nuit si profonde que, n'eût été les chiens dans les villages, ils auraient pu imaginer qu'ils traversaient un monde à jamais immobilisé dans le sommeil, où leur histoire n'avait plus de sens pour personne.

*

Plus le Monstre est gros, plus je me cache pour lui rendre visite, mais plus aussi mes visites sont fréquentes. Cercle vicieux, puisque chaque fois je le quitte un peu plus épais, un peu plus repu. Je questionne Monsieur Leleu, j'écoute, fasciné, ses explications sur l'élevage des vers à soie où je trouve comme une paraphrase à ce nourrissage auquel m'oblige la force obscure contenue dans le Monstre. Céline s'interroge en riant sur les raisons de mon intérêt soudain. Ah, dit le père Leleu, c'est que votre ami, lui, il aime *l'ancienneté...* J'approuve de la tête (bien qu'en l'occurrence *l'ancienneté* me soit complètement indifférente). Vous dites, Monsieur Leleu, combien de fois leur poids d'origine ? Et en volume, depuis la... la *graine,* c'est ça ? Jusqu'au ver final, ça ferait quoi ? Le bonhomme suppute, évalue, soucieux comme toujours d'exactitude. Céline passe de l'amusement à l'étonnement, on dirait que c'est toi le comptable, avant tu prétendais que l'abus des chiffres est névrotique.

— Il l'est.

Il faudra que je me contente du poids, pour le volume il semble que personne n'ait eu l'idée de s'en occuper. La bête, donc, multiplie par dix mille son poids initial, et cela en trente jours. Je m'essaye, vainement, au calcul mental : si le Monstre augmentait dans les mêmes proportions, combien de temps lui faudrait-il pour saturer la mémoire de mon ordinateur ? Et parvenu à ce point, que ferais-je ? Impossible de sacrifier Bruxelles qui est mon gagne-pain. Sortir le Monstre de la machine et l'enfermer dans une disquette sur une étagère ? Dangereux, dangereux.

— Sandro, monsieur Leleu nous quitte. Peut-on savoir à quoi tu penses ?

Ma Céline aimée... À un énorme ver à soie dont le corps épouse les détours du labyrinthe où il demeure et qu'il remplit de plus en plus étroitement. Bientôt il me posera problème par sa taille. Et pas seulement sa taille, mais aussi sa complexité, ses ramifications imprévisibles. Je l'avoue : le Monstre n'est plus à ma mesure, je ne le maîtrise plus. J'ai essayé de lui fabriquer une table des matières, mais je suis aussi médiocre technicien que piètre dompteur, la bête déborde des rubriques, elle s'étale, insidieusement et lourdement, dans des espaces dont j'ignore tout. J'ai eu l'imprudence de lui confier un secret. Oui, oui, Alberto bien sûr. Tu avais raison, Alberto a commis une espèce de crime, là-bas, sur les bords du Po, quand il travaillait aux rizières pour le compte d'un *cattolicone* de patron ; mais si ce n'était que ça... Un autre secret aussi, oui, qui me concerne. Et qui m'échappe désormais, le Monstre l'a emporté, reproduit, disséminé dans ses replis, si bien que c'est le secret du roi Midas et que j'entends les herbes le dire de plus en plus haut. Ce n'est pas du tout une longue histoire, une phrase suffit. Une simple phrase, écrite partout, maintenant, dans le corps de la Bête. C'est si facile avec les moyens modernes. Un secret dupliqué à l'infini.

Quand même, j'aurais pu la traquer, cette petite phrase, l'éradiquer patiemment, mot après mot, ou d'une seule modification en dénaturer le sens : *Alberto* à la place de *Sandro* et je cessais d'être coupable. Au lieu de cela je me suis enfoncé au cœur du labyrinthe, là où elle était le mieux cachée, pépite brûlante à l'abri des regards. Et j'ai raconté ce qui s'était passé. Ce que j'avais fait. Un geste qui ne m'avait pris qu'une fraction de seconde, mais qui venait de très loin, qui faisait penser à ces plantes aquatiques au milieu desquelles Aldo avait disparu et dont la fleur est portée par une longue tige invisible.

Quelque temps plus tard mon ordinateur est tombé en panne. Céline s'était absentée pour une course, j'ai voulu utiliser le sien. Un titre de fichier a attiré mon attention : EGON, nom d'un de mes dossiers bruxellois. Je l'ai sorti. Évidemment EGON n'était pas EGON dont Céline n'aurait eu que faire ; EGON c'était le Monstre, tapi derrière cette dénomination anodine. Céline, ma naïve, il ne fallait pas te donner cette peine... J'ai musé un peu dans le labyrinthe : la petite phrase y sautait aux yeux, étincelante, dans tous ces endroits où je m'étais plu à la reproduire. J'ai pris conscience alors de l'avoir écrite en italien (alors que je la pensais en français) et d'avoir réduit les prénoms à leurs initiales : *S. ha ucciso A.* Donc, me suis-je dit, il n'y aurait eu qu'une lettre à changer : *A* au lieu de *S.* Mais c'était trop tard.

J'ai tout remis en place et je suis retourné dans mon bureau. J'avais déjà téléphoné à un réparateur, il allait venir. Je me suis assis pour l'attendre. Curieusement je me sentais tranquille, heureux presque et confiant. J'étais entre les mains de Céline en un sens. À elle, si elle l'entendait ainsi, de chercher la vérité ; car il y en a une, toujours.

*

CHEZ LE MÊME ÉDITEUR

Annocque Philippe, *Liquide*
Annocque Philippe, *Monsieur Le Comte au pied de la lettre*
Annocque Philippe, *Rien (qu'une affaire de regard)*
Balàka Bettina, *Murmures de glace*
Berger John, *La Tenda rouge de Bologne*
Bielski Nella, *C'était l'an 42*
Bourg Lionel, *L'Engendrement*
Bourg Lionel, *L'Horizon partagé*
Braverman Kate, *Lithium pour Médée*
Braverman Kate, *Bleu éperdument*
Brinkmann Rolf Dieter, *Rome, regards*
Butlin Ron, *Le Son de ma voix*
Butlin Ron, *Visites de nuit*
Coe Jonathan, *B.S. Johnson, histoire d'un éléphant fougueux*
Cosnay Marie, *À notre humanité*
Decourchelle Denis, *La Persistance du froid*
Desalmand Paul, *Le Pilon*
Dümmel Karsten, *Le Dossier Robert*
Duplan Miguel, *Un long silence de carnaval*
Figes Eva, *La Version de Nelly*
Frering Marie, *Désirée*
Frering Marie, *L'Ombre des montagnes*
Ganas Mihàlis, *Quelques femmes*
Gruenter Undine, *La Cache du Minotaure*
Gruenter Undine, *Le Jardin clos*
Herdman John, *Imelda*
Hochgatterer Paulus, *Brève histoire de pêche à la mouche*
Hochgatterer Paulus, *La Douceur de la vie*
Horton Victoria, *Grand Ménage*
Horton Victoria, *Attachements*
Jirgl Reinhard, *Les Inachevés*
Jirgl Reinhard, *Renégat, roman du temps nerveux*
Johnson B.S., *R.A.S. Infirmière-Chef, une comédie gériatrique*
Johnson B.S., *Christie Malry règle ses comptes*

Johnson B.S., *Chalut*
Johnson B.S., *Albert Angelo*
Johnson B.S., *Les Malchanceux*
Josipovici Gabriel, *Moo Pak*
Josipovici Gabriel, *Tout passe*
Josipovici Gabriel, *Goldberg : Variations*
Josse Jacques, *Cloués au port*
Karpinski Michel, *La Sortie au jour*
Koumandaréas Mènis, *La Femme du métro*
Koumandaréas Mènis, *Le Beau Capitaine*
Kharanaouli Besik, *Le Livre d'Amba Besarion*
Lacroix Alain, *Constellation*
Lafargue Jérôme, *L'Ami Butler*
Lafargue Jérôme, *Dans les ombres sylvestres*
Lafargue Jérôme, *L'Année de l'hippocampe*
Lafargue Jérôme, *En territoire Auriaba*
Lentz Michael, *Mourir de mère*
Meckel Christoph, *Portrait-robot. Mon père / Portrait-robot. Ma mère*
Mingels Annette, *Romantiques*
Padovani Stéphane, *La Veilleuse*
Padovani Stéphane, *L'Autre Vie de Valérie Straub*
Perchan Robert, *La Chorée de Perchan*
Piersanti Claudio, *Enrico Metz rentre chez lui*
Rudan Vedrana, *Rage*
Sanconie Maïca, *Amor*
Sanconie Maïca, *De troublants détours*
Sanconie Maïca, *Le Bord du ciel*
Sotiropoulos Ersi, *Dompter la bête*
Terzian Pierre, *Crevasse*
Testa Bruno, *Dépression tropicale*
Testa Bruno, *L'Adoption*
Thomas David M., *Un plat de sang andalou*
Thomas David M., *Nos yeux maudits*
Trede Nils, *La Vie pétrifiée*
Verger Romain, *Zones sensibles*
Verger Romain, *Grande Ourse*

Verger Romain, *Forêts noires*
Vigna Olivier, *L'Appendice des jours*
Villemain Marc, *Le Pourceau, le Diable et la Putain*
Ysmal Catherine, *Irène, Nestor et la Vérité*
Ysmal Catherine, *A vous tous, je rends la couronne*
Zatèli Zyrànna, *Le Vent d'Anatolie*

le hasard sans user d'un dé
Achevé d'imprimer par Pulsio en février 2015
pour Quidam éditeur 5, rue Mansart 92190 Meudon